KB150323

先祖가 남긴 漢詩集 ①

南塘 朴東贊 詩話集

강신웅 옮김

先祖가 남긴 漢詩集 ①

南塘 朴東贊 詩話集

강신웅 옮김

평민사

서 문

 公의 行蹟은 이미 行狀에 昭詳히 기록되어 있어, 公의 德性과 品行을 미루어 볼 수 있을 것이다. 公이 季世에 태어나 기울어져 가는 國運을 恨歎하고, 外侵에 抗拒하는 憂國의 마음과 祖上을 崇慕하는 정신이 詩篇의 곳곳에 나타나 있다.

 暗鬱한 時代를 살면서 꿈을 펼치지도 못하고, 悲歎 속에 살아 가며 思惟하던 公의 心情을 느끼면서 公을 조금이나마 이해할 수 있으리라.

 時代의 思潮는 바뀌어 지고 세상의 風俗도 많이 변하였다. 後 孫들이 鄕土에서 암울한 시대를 살았던 公의 삶과 정신을 되새 기기 위해, 이 詩文을 飜譯하여 加減없이 그대로 엮어 『南塘 朴 東贊 詩話集』이라는 標題로 내게 되었다.

 책머리에 名士들의 文章을 구해 싣지 않은 것은 오히려 뜬 이름을 낼 것을 경계함이며, 草稿의 순서에 따라 엮어 그대로 보이는 것은 공에 대해 좀 더 가까이 하기 위함이다.

 [劉勰의 明詩]에 '위대한 舜은 詩는 뜻을 말하고 노래는 길게 한 것이다' 라고 했다. 마음속에 있을 때는 뜻이 되고, 이것이 말로 표현되어 詩가 되는 것이다. 文飾을 펴서 事實을 描寫하는 것이다. 외부로부터 刺戟되어 反應하고, 外物에 感應하여 그 뜻을 나타내게 된다.

 詩가 美風을 펴고 惡德을 바로 잡는 것은 실로 그 由來가 오래되었다. 公의 詩는 當時의 時代狀況과 隣近 儒者들과의 詩社로 山川을 찾아 노닐며 唱酬하였고, 先人, 故友에게 보인 詩도 많다.

가슴 속의 鬱憤과 憤痛을 詩에 담아 놓았으며, 人文과 自然을 느끼고 사랑하며 쓴 律詩와 絶句, 知友에게 보내는 잔잔한 우정 어린 詩나, 民草들과 함께 삶의 현장을 보고 느낀 것을 쓴 詩篇들은 그대로 눈에 선하다.

顔回, 屈原, 陶淵明, 杜甫 등 옛 忠臣과 隱者들의 이름이 자주 등장하며 含蓄된 詩語로 얕은 識者들은 깊은 속뜻을 알기 어렵다.

景物, 卽事, 述懷, 壽宴祝詩와 鄕村의 敍景과 卽景, 자 先生들의 輓詩도 多數이며, 여러 形式의 詩들이 著作되어 있다.

山海에 묻혀 悠悠自適하며 隣近의 儒者들과 稧를 만들어 자신의 懷抱를 吐露하였으며, 文遊의 敦篤함을 또한 알 수 있다. 진흙 속의 옥은 물들지 않는 법, 高古한 君子의 아름다운 자취를 이에서 가히 엿볼 수 있을 것이다.

飜譯함에 더러 誤診이 없지 않고, 매끄럽게 다듬지도 못하였으니, 公의 學問의 바다가 넓었기에 그 出處나 語源 등을 상세히 다루지 못한 것은 짧은 識見과 未熟함 때문이리라. 혹 잘못된 것이 있으면 鞭撻과 叱正 해주시기 바랍니다.

- 옮긴 이 씀

【차례】

秋收
-가을걷이

爲問西成[1]牛倚門, 一天秋氣轉微昏.
觀來上下平朝銍, 戴去東南牛午[2]樽.
野外金登千里色, 人間玉飽萬家痕.
遙看這處山如積, 云是吾朋獨壯元.

문에 반쯤 기대어 과일 곡식 익었는가 물으니,
가을기운이 가득한 하늘에서 희미한 어둠이 사라지네.
위아래를 다니면서 보니 편안한 아침에 벼를 베고 있네.
한나절 동쪽과 남쪽에서 이고 가는 것은 술동이일세.
들 밖은 금빛이 천리에 퍼져있고,
사람들은 옥빛에 만가가 흡족한 흔적이구나.
멀리서 이곳을 보니 산같이 쌓였는데,
내 벗이 유독 첫째라 하네.

■

1. 西成-가을에 실과나 곡식이 익는 것.
2. 牛午- 한나절.

逢客吟 講魯齋, 沈棋玉, 沈仁澤.
—객을 만나 읊다(講魯齋에서 沈棋玉, 沈仁澤)

二客從余舊面蕭, 中間消息斷虹橋.
靑山十月祭登日, 白屋三年逢入宵
雪意初成司馬賦, 秋聲已盡子房簫.
南來早識多幽隱, 桂樹雲窓已久招.

두 손님이 나를 따르고 이전부터 알던 사람은 바쁘니,
중간의 소식이 무지개다리에서 끊어졌네.
푸른 산 시월에 제사 올리는 날,
초라한 초가집에서 삼년 만에 만나니 밤이 되었구나.
눈을 보며 처음 사마부[1]를 처음 짓고 싶고,
가을소리는 자방[2]의 파리소리에 이미 다하였네.
남쪽으로 오면 일찍이 은둔할 곳 많은 줄 알아,
계수나무 구름 창이 이미 오래전에 불렀었네.

又
子有文章可草麻,[3] 霜天信宿[4]讀書家.
江山不夜月初上, 洞壑無風雲晩斜.

■
1. 司馬賦–司馬相如의 賦. 子虛賦, 上林賦 등 漢魏六朝文人의 模範이 됨.
2. 子房–張良. 劉邦의 策士.
3. 草麻–御命의 글을 기초함.
4. 信宿–이틀 밤을 머무름. 이틀 동안의 숙박. 信次.

그대는 문장을 잘 지으니 어명의 글을 기초함이 가능한데,
서리 오는 날 책을 읽으며 집에서 이틀을 머물렀네.
강산에는 밤이 아닌 듯 달은 처음 뜨고,
골짜기는 바람 없이 구름이 늦도록 흩어지네.

數鴈聲中孤客枕, 靑尨吠處故人車.
頻來慰我榕窓苦, 淸轉高談正且嘉.

몇몇 기러기 우는 가운데 외로운 나그네는 자고,
친구의 수레 소리에 푸른 삽살개 짖는구나.
자주 와서 나를 위로한 그늘진 창은 괴로운 처지인데,
맑고도 수준 높은 이야기로 바뀌니 바르고 또한 아름답구나.

見納禾感吟
-벼를 바치는 것을 보고 느껴 읊다

納禾消息動西村, 一代健夫爭且奔.
牛馱運來連大野, 人車載入滿中園.
家翁緩笑開蓬戶, 役伴相呼醉瓦盆.
積我多稂歌萬億, 百囷魏稼敢焉論.

벼를 출납하는 소식이 서쪽마을을 움직이게 하니,
건장한 사내들이 여기저기 분주하구나.
운반할 소달구지 큰 들판에 연이어 있고,
수레 타고 온 사람들이 동산에 가득하네.
집안어른 벙긋이 웃으며 봉창 문을 열고,
일하는 사람끼리 서로 불러가며 기와분에 취하는구나.
내가 쌓아둔 찰벼는 양이 많음을 노래하니,
곳간에 많이 쌓아둔 것 감히 어찌 논하리.

吟牟耕
-보리갈이를 읊다(두벌갈이)

細播深耕隴欲寒, 西山日落數回看.
烟痕歷歷穮邊起, 雨氣依依耟上殘.
已過殷民流涕野, 將歸董子[1]讀書欄.
松奴竹婢歡迎問, 語立山門月正團.

세밀히 심고 깊이 갈아 논 언덕은 추워지려 하는데.
서산에 해 지자 몇 번을 돌아보네.
연기 흔적은 또렷이 곰방이[2]가에서 일어나고.
비 기운은 설레게 보습[3] 위에 남았구나.
이미 은나라 백성은 눈물을 흘리며 들판을 지났고.
장차 동자는 책 읽던 난간으로 돌아갔구나.
나무하는 머슴과 대바구니 인 여종이 기쁘게 맞으며 묻기를,
산문에 서서 달이 정말 둥글다 하네.

■
1. 동자(董子)-董仲舒. 前漢 大學者.
2. 고무레라고도 함.
3. 보습- 땅을 갈아서 흙덩이를 일으키는 데 사용한다.

逢友人趙炳郵吟
-친구 조병우를 만나 읊다

長宵不寂故人亭, 勸此杯盤肯未停.
巖下枕泉多細雨. 樹間燈火漏疎星.
淸談轉玉耳生白, 和氣動山眸入靑.
滴漏聲殘詩欲罷, 蕭蕭明月上虛庭.

친구의 정자는 긴 밤에도 고요하지 않으니,
술잔과 안주를 권하며 즐기기를 멈추지 않네.
바위 아래 샘은 가는 비에도 넘치고,
나무 사이 등불은 듬성한 별빛 같이 새어 나오네.
맑은 이야기는 옥 되어 귀에는 흰털이 나고,
온화한 기운은 산을 움직여 눈자위에도 푸른 물이 들었네.
물시계 소리 쇠잔해 시는 그만두려 하는데,
쓸쓸하게 밝은 달이 빈 뜰에 올라 왔구나.

過東山齋口號[1] 咸平 新光面
-동산재를 지나며 즉석에서 짓다 함평 신광면

東齋一出海隅州, 檻外君山鎭此頭.
鎖壁烟霞疎色靜, 侵簾艸樹隱輝浮.
靑春不許三公會, 明月須同二客遊.
思人凄凉天下士, 萬年[2]風雨立長洲.

동산재는 바다 모퉁이에서 나온 고을인데.
난간 밖 군산은 이 앞을 누르고 있구나.
벽에 잠긴 연기안개는 성근 빛이 고요하고,
발에 들어오는 풀 나무는 은미한 빛에 떠있네.
그 시절에 삼공[3]의 모임은 허락지 않으며,
달이 밝을 때 모름지기 두 손님은 같이 즐겼구나.
천하의 선비라도 마음이 서글플 때는 사람을 그리워하건만,
바람비에 한결같은 모습으로 긴 물가 섬에 서 있네.

■
1. 口號-口占. 입 속에서 읊음. 즉석에서 시를 지음.
   글이나 말을 문서에 의하지 않고 말로써 전달함.
2. 萬年-늘 한결같은 상태.
3. 三公-領議政, 左議政, 右議政. 前漢의 大司馬, 大司空, 大司徒.

21

右齋 與琴溪丁永龍 相和 上同面
-금계 정영룡과 서로 화답하다 함평 신광면

幾時吾輩放歌高, 賦則臨流嘯則皐.
時不利兮誰鮑管[1], 死無悔者古羊桃.
廳堂廣闊人高語, 關市繁華衆醉醪.
已矣歸來同枕臥, 無端盡日雨聲豪.

몇 때나 우리들이 노래를 부르랴.
떠돌아 뵈올 때 글을 짓고 언덕에서 휘파람 부네.
때가 유익하지 않을 때에 누가 관중과 포숙아인가,
죽어서 후회 없는 자는 옛 양도[2]니라.
대청마루가 넓어 사람이 언성 높여 말하고,
번화한 저잣거리에는 탁주에 취한 사람이 여럿이구나.
돌아와 베개를 같이 베고 누우니,
무단[3]히 해가 다하도록 빗소리 요란하네.

■
1. 鮑管-管仲과 鮑叔牙.
2. 羊桃-羊祜와 桃孩. 桃伯-陰陽의 神.
3. 無端-이유 없이. 까닭 없이. 끝없이.

琴溪[1]
-거문고 시내

惟君意趣獨淸高, 擾寫幾宵夢九皋.[2]
寒操深園歌白雪, 潛蹤古碉網紅桃.
要朋東海長隨月, 送客南州晚對醪.
自知寡與徒閑寂, 賴有華詞發興豪.

오직 그대의 뜻이 유독 맑고 높은데,
꿈꾸던 깊은 못을 몇 밤을 보내며 흐리게 그렸는가.
깊은 동산에서 찬 절개로 흰눈을 노래하고,[3]
옛 시내에서 몸을 숨겨 홍도를 따먹었네.
벗을 동해에서 맞이하여 오래 달을 따랐고
손님을 남주로 보내며 늦도록 막걸리를 마셨네.
무리와 같이 있는 때가 적어 한적함을 스스로 알지만,
화려한 말 힘입어 흥을 일으킴이 뛰어나네.

■
1. 丁永龍의 號.
2. 九皋-깊은 못. 皋는 澤.
3. 白雪歌-下里歌, 巴人歌와 대칭되는 매우 품격 높은 노래로
    知友知己끼리 詩를 주고받을 때 흔히 인용되는 노래.

偶吟
-우연히 읊다

獨抱孤懷上小樓, 一年春事水東頭.
滿城桃李皆紅雨¹, 遶宅松篁獨素秋.
雖曰民生多授職, 是何吾黨少書流.
琴溪同我知音友, 白雪高歌²肯不休.

외로운 마음을 홀로 안고 작은 누각에 오르니,
한해 중 봄에 할 일은 물 동쪽에서 먼저 오네.
성에 가득한 복숭아 오얏꽃은 붉은 꽃으로 떨어져 내리고,
집을 에워 싼 솔과 대나무는 홀로 가을이네.
비록 민생이 직분 얻기가 적지만,
어찌 우리 무리는 글(편지)이 적은가.
금계는 나와 같은 음을 아는 벗인데
백설의 높은 노래 들어주길 쉬지 않네.

---

1. 紅雨-붉은 꽃이 많이 떨어져 내림을 비유한 것임.
2. 白雪歌-知友知己끼리 詩를 주고받을 때 인용되는 노래.

聞餞春追次
－봄을 보내며

聞道東皇[1]餞以文, 不圖日晚易爲分.
高臺如夢空流水, 遠岫無心只暮雲.
數點落花猶可賞, 一聲杜宇正堪聞.
今來恨未同推轂, 去路平安憑問君.

말 들으니 봄의 신을 글로써 보낸다 하니,
해 저물어도 이별하기는 쉽지 않았으리라.
높은 누대는 꿈꾸는 것 같이 덧없이 흐르는 물이요,
먼 산에는 그저 무심하게 구름이 머무네.
몇 점 떨어지는 꽃은 오히려 감상할 만하고,
소리 높여 우는 두견새는 정말 들을 만하구나.
지금 와서 같이 수레를 밀지 못함이 한스러우니,
가는 길에 평안히 그대를 위로하네.

■
1. 東皇－봄을 맡은 神. 靑帝.

佛甲射亭與諸益吟
-불갑산 활 쏘는 정자에서 여러 벗들과 읊다

見我小春¹還不平, 蕭公行李²自分明.
梅花此日雖同樂, 菊樹前秋獨未行.
石逕無雲天欲墜, 山門有月夜好晴.
此亭誰識重來否, 碁友琴朋摠舊情.

내가 소춘에 도리어 편치 못함을 보니,
소공 행장이 절로 분명하구나.
매화는 이 날 비록 같이 즐거우나,
지난 가을에 피었던 국화는 홀로 아직 지지 못하였네.
구름 없는 하늘은 돌길에 떨어지려 하고.
산문에는 달이 있어 밤이 맑으니 좋구나.
이 정자는 누가 거듭 왔음을 알 것인가,
바둑하는 벗과 거문고하는 벗이 모두 옛 정일세.

其二
石落山寒老樹村, 我來爲訪故人門.
洞心多竹水聲出, 堦面有苔秋色繁.
雖用鴈謀³來稻野, 恐敎羊踏到蔬園.
徵君已老黃花晩, 歸去⁴一辭誰與論.

■
1. 小春-음력 10월의 異稱.
2. 行李-여행용 짐.
3. 鴈謀-鴻謨. 임금의 큰 계책. 큰 謀計.
4. 歸去-歸去來辭. 陶淵明.

돌이 떨어지고 산은 추운 늙은 나무가 있는 마을에,
내가 와서 친구의 문을 찾게 되었네.
동네 가운데 대가 많아 물소리 나오고,
이끼 낀 섬돌에는 가을빛이 가득하네.
비록 큰 계획을 세워 벼 심은 들녘으로 왔고,
두렵게 양이 밟은 채소밭에 이르렀네.
그대를 부르나 이미 늙었고 국화는 늦게 피니,
돌아가라 한 말 누구와 더불어 의논할고.

其三
藜杖穿雲到向南, 林端有此古書庵.
澗鳴庭帶夕陽雨, 山寂窓來淸曉嵐.
橘飯初香堪可飽, 松醪味別倍於酣.
惟天送月許唐突, 能使主人宜且談.

명아주 지팡이 구름을 뚫고 남쪽으로 향하니.
숲 끝에 옛 글 읽던 암자 있구나.
시내는 울고 뜰에는 석양의 비를 띠었고,
산은 고요하고 창으로는 맑은 새벽 아지랑이가 들어오네.
처음 느끼는 귤밥의 향기로 배부르고,
솔 막걸리는 맛이 별나 즐김이 갑절이로구나.
하늘이 거리낌 없이 달을 보내 주었으니,
주인으로 하여금 마땅히 이야기로 지새우자 하네.

見南歸雁而感吟
–남쪽으로 돌아가는 기러기를 보고 느껴 읊다

水碧沙明鴈自歸, 西風獨倚捲簾堂.
江過淡影天如霽, 野入寒聲夜正長.
先同二妃淸怨瑟, 又愁九月望鄕觴.
人生活計亦如此, 嗟爾南方謀稻香.

물은 푸르고 모래 빛은 밝은데 기러기는 스스로 돌아오니,
가을바람에 홀로 기대어 발을 걷어보네.
강에 맑은 그림자 지나가니 하늘은 개인 것 같고,
들판에 찬 소리는 들어오니 밤은 정말 길구나.
먼저 이비[1]의 맑은 원한은 비파에 같이하였고
또한 구월의 망향의 잔에 근심이 있구나.
인생의 살 계획 또한 이와 같으니
남쪽의 벼 향기를 의논하며 감탄하는구나.

■
1. 二妃-娥皇과 女英. 堯임금의 두 딸로 舜임금에게 시집보냄. 舜이 巡狩
   하다 蒼梧에서 죽자 瀟湘에 몸을 던져 죽음.

佛甲 登接雲峰 探藥
-불갑산 접운봉에 올라 약초를 캐며

腰佩蔘囊手把笻, 踏穿蒼麓入中峰.
隱士[1]高歌惟有桂, 尊師往蹟獨存松.
落葉偏從盃酒墜, 閒雲近傍笠簷[2]濃.
深山漏在徐州[3]外, 不老靈根此日逢.

허리에 산삼 배낭을 차고 손에는 지팡이 잡고,
푸른 산기슭 밟고 봉우리 가운데 들어가네.
은사의 높은 노래는 오직 계수나무에 있고,
스승의 지난 자취 홀로 소나무에 남아 있구나.
낙엽은 잔술을 따라 떨어지고,
한가한 구름은 삿갓 가까이에서 그 빛이 짙구나.
깊은 산에 서주하고 초가 빠져 있으니,
늙지 않은 영근[4]을 이날 만나리라.

■
1. 隱士-벼슬하지 않고 숨어 살던 선비.
2. 笠簷-삿갓 테. 갓양태.
3. 徐州-徐州夏枯草. 꿀풀.
4. 靈根-식물이 땅에 뿌리를 박고 살듯이 영기는 허공에 뿌리를 박고 있
   다는 말.

白鶴吟
-흰 학

白鶴淸名可草麻[1], 丈夫何日鼇衣[2]華.
非吾怪癖同逃海, 與爾忘形但養家.
剡外[3]拖雲孤棹晚, 臺前舞月短簫斜.
幽軒坐許任來往, 不畏秋江蘆荻花.

흰 학의 맑은 이름은 어명의 글로 함이 마땅하니,
장부는 어느 날에나 벼슬아치의 옷이 빛나랴.
내가 괴벽해서 같이 바다로 달아남이 아니고,
너와 같이 형체를 잊고 다만 집에서 기르게 되었네.
섬계 밖에 있는 구름을 끌어오니 외로운 노는 늦어지고,
누대 앞에서 달빛에 춤추고 있는데 짧은 피리 소리가 흩어지는
구나.
그윽한 툇마루에 앉아 마음대로 오고 가니,
가을 강가의 갈대꽃을 두려워하지 않구나.

■
1. 草麻-御命의 글을 기초 함.
2. 鼇衣-벼슬아치가 평상시에 입던 웃옷을 말하며, 소매가 넓고 뒷솔기가
   갈라져 있다.
3. 剡外-剡移. 문을 잠그는 빗장.

逢 小圃梁乃洪 夜話
-소포 양내홍을 만나 밤에 이야기하며

山風巷雪轉深冬, 爲待春和暫置筇.
江樓客散收殘燭, 野碓人歸歇晚舂.
羊駕[1]不來徒挿竹, 鶴籠惟有復栽松.
學圃幽庄迎老圃, 帶經月下謝重逢.

산바람과 거리에 눈이 와서 겨울은 깊어지고 있는데,
봄의 화창함을 기다리며 잠시 지팡이 두네.
강 누대에 객이 흩어지자 남은 촛불 거두고,
들의 물방앗간에 사람 돌아오니 늦게라도 절구질 마쳤네.
귀한 사람이 오지 않아 다만 대를 심었고,
학 조롱이 있어 다시 소나무를 심었구나.
채소 심는 것을 배우는 그윽한 별장에서 늙은이[2] 맞이하니,
경서를 가지고 달빛 아래에서 거듭 만남을 감사하네.

---

1. 羊車-양이 끄는 수레, 아름답게 꾸민 작은 수레. 귀한 사람이 오지 않음.
2. 작가의 벗인 梁乃洪을 말함.

小圃
-작은 채소밭

昨秋已送又今冬, 壯觀[1]湖山瘦一筇.
域訪幽人多水竹, 庭招諸子喩花松.
風窓影轉村燈出, 月壑聲流野碓舂.
斗南以下高名價, 結社[2]如今喜更逢.

지난 가을 이미 보내고 또 이제는 겨울,
장관인 호수와 산에 초라한 지팡이 하나 있네.
지역에 유인을 찾으니 물과 대가 많고,
뜰에 여러 사람 초대하니 꽃과 솔에 비유되네.
바람 창에 그림자 맴도니 촌 등불 나오고,
달 골짜기 소리 흘러나오니 농촌 방아 절구소리로다.
두남 이하에 그 이름값이 높은 것은,
모임 맺은 지금 기쁘게 다시 만나게 되었구나.

■
* 小圃는 梁乃洪의 號이다.
1. 壯觀-웅장한 경치.
2. 結社-主義, 思想, 意見이 같은 사람이 모여 한 團體를 만드는 것. 또는
   그 단체.

浪唫
-마음대로 읊다

寒天獨上夕陽樓, 無事白雲千載流.
山色蒼蒼雷首立, 江聲歷歷[1]浣花[2]流.
良謀不足看錢蝶[3], 往事關心歎鐵牛[4].
我有南冠[5]君莫責, 新亭得淚不堪收.

찬 날씨에 홀로 석양 진 누각에 오르니,
무심한 흰 구름만 천세에 흐르네.
산 빛은 푸르고 푸르러 우레머리에 섰고,
강 소리는 역력히 완화에 흐르는구나.
좋은 계략 부족해 작고 약함 보고,
전에 관심을 가지고 철우를 탄식하네.
내 남관이 있으니 그대는 꾸짖지 말라,
새 정자에서 나오는 눈물을 거두지 못하네.

■
1. 歷歷-분명함.
2. 浣花-地名.
3. 錢蝶-돈나비, 나비 같이 작고 약함.
4. 鐵牛-쇠로 만든 소, 禹 임금이 水患을 막으려고 황하에 넣었다 함. 무
   거워 움직일 수 없거나 단단해 뚫을 수 없음을 말함.
5. 南冠-楚나라 사람이 쓰던 冠. 捕虜. 楚의 鍾儀가 南冠을 쓰고 捕虜가
   된 古事.

抽葉
-잎을 거두며

溪樓蕭灑[1]帶明輝, 每使詩人惹興徽.
繞戶水聲寒雨霽, 滴簾山氣暮雲飛.
觀梅得句紅生筆, 近竹依眠翠滿衣.
箇裏欲知奇絶處, 寺鍾江鼓暗中稀.

시냇가 누각은 말쑥해 밝은 빛을 띠우니,
매양 시인으로 하여금 흥을 일으켜 아름답구나.
집을 에워 싼 물소리는 찬비가 개임이요.
발에 방울지는 산기운에 저문 구름이 날리네.
매화를 보고 글을 지으니 붓이 순조롭게 살아나고,
대나무 옆에서 편하게 자니 푸르름이 옷에 가득하구나.
이 속에서 기이한 곳을 알고자 하니
절의 종소리, 강의 북소리는 어두워지자 희미해지는구나.

■
1. 蕭灑-말쑥하고 깨끗한 모양.

謹次 月山祠講堂重修 韻 李舜臣德水人 李德咸靈
人 同配享 更題下卷
-삼가 월산사 강당 중수운을 차운하다. 이순신은 덕수인이
며, 이덕은 함령인이니, 같이 배향하다. 하권에 다시 쓰다

潁南修起表忠樓, 水溯露梁來一頭.
檻外靑山恒似古, 壇前老柏不移秋.
敵王所愾臨寒塞, 憂國將頹哭暮洲.
舊有遺墟新勒石, 二公先績細推求.

영수 남쪽에 표충루 지으니,
물은 노량으로 거슬러 한곳으로 오는구나.
난간 밖 푸른 산은 항상 옛날 같고,
제단 앞 늙은 잣나무는 가을에도 변하지 않네.
왕이 슬퍼하는 바를 대적해 찬 변방에 다다랐고,
나라가 장차 무너짐을 걱정해 저문 물가에서 우는구나.
옛 남은 터 있어 새로 돌에 새기니
두 公의 이전의 업적, 자세히 찾아보네.

扇題所思
－부채에 생각한 바를 쓰다

長風擧扇獨徘徊, 五月如秋水上臺.
塵拂元非王導蔽, 夜涼相似婕妤開.
火雲蒸重可攀上, 鹽海沸深還涉來.
我有所思中每熱, 五明何處便恢恢[1].

긴 바람에 부채 들고 홀로 배회하니,
가을 같은 오월이 물 위의 누대에 있구나.
부채로 먼지 터는 것은 원래 왕도[2]가 얼굴 가리려 함이 아니오,
밤에 서늘한 것은 반첩여[3]가 문을 열어놓은 것 같네.
불 구름이 찌고 무더워도 부채 잡고 오를만하고,
소금바다 끓고 깊어도 도리어 건너오네.
내 생각하는 바가 항상 열정적이니,
오명[4]은 어느 곳에서 여유롭게 쉬고 있나.

■
1. 恢恢- 넓고 큰 모양, 여유가 있는 모양.
2. 王導-晉의 臨沂人. 元帝의 총애를 받아 宰相에 오름.
   뒤에 遺詔를 받아 明帝, 成帝를 도와 太傅가 됨.
3. 婕妤-漢代 女官의 이름. 美好의 뜻. 天子께 承奉하고 接幸하는 뜻으로
   봄. 여기서는 班婕妤. 漢 成帝의 後宮이며, 有名한 女流詩人.
4. 五明-波羅門 종족이 연구한 印度의 技藝. 聲明, 因明, 內明, 醫方明, 工
   巧明.

天欲雨
-날씨가 비 오려 하다

捲地陰風吹拂埃, 午樓聽坐數聲雷.
單衫細細寒痕急, 半枕蕭蕭暮色催.
却忘田中秋至麥, 偏憐谷裏暎餘稚.
庭前獨愛尋巢鶴, 滿撤桑根入樹廻.

땅에 음산한 바람이 불어 먼지 떨치니,
오후 다락에서 몇 번의 우레 소리를 듣고 앉았네.
홑적삼 가늘고 가늘어 찬 기운이 빨리 오고,
반쯤 베개머리에 쓸쓸히 저문 빛을 재촉하네.
가을날 밭 가운데서 힘쓰는 것을 잊었더니,
두루 골짜기 속에 비치는 남은 어린 벼가 가련하구나.
뜰 앞에 둥지 찾는 학을 홀로 가엾이 여기니
뽕나무 뿌리를 가득 캐어 나무숲으로 돌아오네.[1]

<hr>

1. 桑土綢繆-폭풍우가 오기 전 새가 桑根을 캐어 보금자리를 꾸려놓음. 재
   난을 미리 대비함.

丙辰九月再度射山齋
-병진년 9월에 다시 사산재를 건너며

重陽爲客磵之東, 天氣全淸四望同.
菊樹皆含秋色淨, 楓林已帶晚霞紅.

중양에 시내의 동쪽에서 객이 되니,
하늘의 기운은 온통 맑아 사방을 바라봄 같네.
국화는 모두 가을빛을 머금어 깨끗하고,
단풍 숲은 이미 늦은 저녁놀을 띄어 붉구나.

九日吟
-9월 9일 중양절에 읊다

雁書今夜海西月, 鷰約明年花庭風.
逢此佳辰仍有感, 思親一念倍無窮.

오늘 밤 기러기는 바다 서쪽 달에서 소식 전하고,
제비는 내년 꽃핀 정원의 바람을 기약하네.
이 아름다운 날을 만나서 느끼는 바는,
어버이 그리는 생각만이 갑절로 끝이 없구나.

漫吟
-생각나는 대로 지어 읊다

木落天寒路轉微, 山門來訪故人輝.
空庭梧怪纏三尺, 古塔松閑且十圍.
隨釣磵魚嫌細伏, 坐看巖鳥恐高飛.
此來何謂西莊事, 萬竹成林覆半扉.

나뭇잎 지며 날씨는 춥고 길은 좁아지는데,
산문에 친구가 찾아오니 빛이 나는구나.
빈 뜰에 오동은 이상하게 겨우 석 자요,
옛 탑의 소나무는 또한 열 겹으로 막고 있네.
시내의 고기를 낚으면서 얕게 숨어있는가 의심스럽고
바위의 새를 앉아서 보니 높이 날까 두렵네.
여기에 와서 어찌 서장[1]의 일을 말하리오.
무성한 대나무가 숲을 이루어 반쯤 사립을 덮었구나.

■
1. 西莊-서쪽의 別莊.

吟北辰
−북극성을 읊다

秋宵玉宇[1]碧磨新, 騷客可憐唫北辰.
漠漠寒雲歸遠塞, 蒼蒼古木對虛濱.
楚江[2]留待龍眠雨, 周道[3]回看馬踏塵.
嗟我巴翁[4]安在否, 六年不見洛城人.

가을밤 천제가 있는 곳은 새롭게 갈아 푸르른데,
시인은 가련히 북극성을 읊는구나.
아득하고 아득한 찬 구름은 멀리 변방으로 돌아가고,
푸르고 푸른 옛 나무는 빈 물가를 마주 보네.
초강은 머물러 기다리니 용은 비에 자고,
주도를 돌아보니 말은 먼지를 밟는구나.
슬프다 우리 파옹은 어디에 있는가.
육년 동안 낙성 사람은 보이지 않네.

■
1. 玉宇-天帝가 있는 곳. 옥으로 꾸민 집.
2. 楚江- 楚나라 강, 긴 강을 말함.
3. 周道- 周나라 길, 큰 길을 말함.
4. 巴翁- 野人. 시골의 교양 없는 사람. 촌뜨기.

無月夜 有感而吟
-달 없는 밤 느낌이 있어 읊다

無月山家掩綠筠, 思君不見坐孤隣.
燈前且覆黃花酒, 壁上仍投白葛巾.
濚濚¹泉聲鳴枕細, 蕭蕭²葉語入窓頻.
南梧安得唐堯³世, 見到中天碧似銀.

달도 없는 산집은 푸른 대숲에 가렸는데,
그대 그리우나 보이지 않고 외로운 이웃에 와서 앉았네.
등불 앞은 또한 황화주를 덮었고,
벽 위로 거듭 흰 갈건을 던졌네,
콸콸 흐르는 샘 소리는 베개에 가늘게 울리고,
쓸쓸한 잎 소리는 자꾸 창에 들어오네.
남쪽 오동나무는 어찌 당요의 세상을 얻으리오,
하늘 가운데를 보니 푸르러 은빛 같구나.

■
1. 濚濚-물소리. 물소리가 콸콸함.
2. 蕭蕭-쓸쓸함.
3. 唐堯-순제(舜帝)를 일컬음.

抽葉
―잎을 거두며

巾屐飄蕭[1]入洞門, 數三脩竹[2]讀書軒.
重陽客散黃花里, 夜雨人來老樹村.
海外無心歌短棹, 山中有約醉芳樽.
輕裝藏在長長袖, 爲舞春風白日翻.

두건 쓰고 나막신 신고 쓸쓸히 마을 문에 들어서니,
두셋 긴 대가 책 읽는 툇마루에 있구나.
중양절의 손님은 황화 핀 마을에서 흩어지고,
밤비에도 사람은 늙은 나무 있는 시골로 오네.
바다 밖에서는 짧은 뱃노래도 노래할 마음 없고,
산중에는 향기로운 술에 취할 약속 있네,
가벼운 옷차림 긴 소매에 감추고,
봄바람에 춤추니 햇빛에 나부끼네.

■
1. 飄蕭-나부껴 쓸쓸함.
2. 脩竹-쭉 뻗은 대나무.

贈示靑年輩
-청년들에게 주어 보이다

萬慮雖層早自裁, 居然歲月迭相催.
謝安[1]名落東山妓, 李白身亡釆石[2]盃.
錦繡誰知臨夜耀, 芙蓉獨愛向秋開.
須從所好當先力, 一片浮雲且莫來.

만 가지 생각이 비록 층층이나 일찍이 스스로 헤아리니,
세월은 그대로 바뀌어 서로 재촉하네.
사안의 이름은 동산 기생에 떨어졌고,
이백의 몸은 채석의 술잔에서 죽었네,
비단으로 수놓은 것은 밤이 되어[3] 빛남을 누가 알며,
연꽃은 가을을 향해 피는 것을 홀로 사랑하네.
모름지기 좋아하는 바를 따라 마땅히 힘있게 나아가니,
한조각 뜬구름처럼 머뭇거리며 오가지 마라.

■
1. 謝安- ① 後漢 時人 揚州 徐州 도적 평정.
            ② 晉陽夏의 사람. 문필에 뛰어남 苻堅兵 擊破.
2. 釆石-釆石磯. 釆石江. 李白이 술에 취해 달을 잡다 빠져 죽었다는 강.
3. 錦衣夜行을 말함.

姜瓊遠 晩而喜讀書 作詩以勉其意 佛甲雲堤居
-강경원이 늦게 책 읽는 것을 기뻐하여 시를 지어 그 뜻
에 힘쓰게 하다. 불갑 운제에 살다

惟君早自一心裁, 始把詩經惜晷催.
泉達須期深九仞, 道通何約飮三盃.
已知深巷掛瓢樂, 偏愛碧山携卷廻.
人爲學者斯任重, 繼往孜孜[1]又牖來.

오직 그대 일찍 스스로 한마음으로 헤아리니
비로소 시경을 잡고 해 그림자 재촉함을 아쉬워하는구나,
샘에 이르러 모름지기 깊은 아홉 길을 기약하고
도가 통하는데 어찌 석 잔만 마시겠느냐.
이미 깊은 골목에서 표주박 거는 즐거움을 알았고,
두루 푸른 산에서 책을 가지고 돌아옴을 사랑하네.
사람이 학자가 됨에 이 책임이 무거우니,
부지런히 힘써서 또 문 앞에 왔구나.

■
1. 孜孜-부지런히 힘쓰는 모양. 무슨 일에 마음을 쏟아 쉴 사이가 없음.

韓晳奉 讀書而歸 厥後寄此詩 <small>外西面 壯洞</small>
－한석봉이 책을 읽고서 돌아가서 그 뒤에 이 시를 붙여
주다. 외서면 장동

一別餘懷難自裁, 不圖行李[1]子先催.
臨詩渾謾須停筆, 對酒遲凝且覆盃.
渭樹朝雲心上出, 山陰夜月夢中廻.
竹間爲掃幽閒在, 更抱義經[2]續舊來.

한번 이별하고 남은 회포는 스스로 헤아리기기 어려운데
여행을 준비하지 않고 그대가 먼저 재촉하였네.
시를 지음에 너무 게을러 모름지기 붓을 놓았고,
술을 마시나 더디게 취해 또한 잔을 엎었구나,
위수의 아침 구름은 마음 위에 나오고,
산음의 밤 달은 꿈속에서 돌아오누나.
대나무 숲 사이를 쓰는데 그윽하고 한가함 있으니,
다시 희경을 지키며 예처럼 이어 왔구나.

■
1. 行李-여행용 짐. 또는 旅行의 준비.
2. 義經-周易의 별칭.

雪竹吟
-눈 속의 대를 읊다

冒雪貞貞立此君,[1] 不風籬落[2]寂無聞.
向晚虛輝淸引月, 連空杳靄細和雲.
淡粧有勝梅花女, 貞節無虧縞素軍.
待得零零[3]晴午露, 一雙高鳥畵三分.

눈을 무릅쓰고 곧고 곧게 서 있는 대나무,
바람 불지 않는 울타리는 고요해서 들리지 않는구나.
늦은 무렵 빈 곳 비쳐 맑게 달을 끌어오고,
하늘에 이은 아지랑이 가늘게 구름과 섞이네.
옅은 화장은 매화 같이 예쁜 여자보다 낫고,
곧은 절개는 상복 입은 군대같이 이지러짐 없구나.
뚝뚝 떨어져 갠 오후 이슬 기다리니,
한 쌍의 높이 나는 새를 세 등분해서 그려보네.

■
1. 此君-대나무의 별칭. 晉의 王羲之가 대나무를 此君이라 한 데서 由來.
2. 籬落-籬垣. 울타리. 籬柵.
3. 零零-아주 자질구레하게 부스러짐.

再登 佛甲 接雲峰 與諸益吟 姜大年 丁瑢聲 張孟奎
-다시 불갑산 접운봉에 올라서 여러 벗들과 읊다. 강대년,
정용성, 장맹규

瘦骨登高坐午陽, 去雲無力倦飛揚.[1]
鶯谷半開收晚響, 蓮峰淡秀弄寒香.
詩本勝區方可語, 酒能佳景乃斯觴.
下臨僧舍今方食, 三代[2]威儀[3]滿一堂.

약한 몸으로 높은 곳에 올라 오후 볕에 앉으니,
떠가는 구름 힘없이 느리게 날아오르는구나.
꾀꼬리 골짜기 반쯤 열려 메아리 소리가 늦게 들리고,
연꽃봉우리 맑게 나와 찬 향기 희롱하네.
시는 본래 경치 좋은 곳에서 이야기가 되고,
술은 능히 아름다운 경치로 잔질하네.
절집에 내려와 이제 먹으니,
삼대의 위의가 한집에 가득하구나.

■
1. 飛揚-날아오름. 뛰어 오름. 뽐내어 거들거림.
2. 三代-父, 子, 孫의 세 代.
3. 威儀-위엄이 있는 儀容.

登蓮實峰 口號
-연실봉에 올라 즉석에서 시를 짓다

步步登登若上天, 眼窮千里杳無邊.
雲開東北孤峰出, 地盡西南極浦連.
不敢高聲臨帝座, 如將化羽伴臣仙.
此來爲問太華井, 獻壽何年蓮實圓.

걸음걸음 오르고 오르니 하늘에 오르는 것 같아,
천리 끝까지 보이니 아득해 끝이 없구나.
동북쪽의 구름이 열리자 외로운 봉우리 나타나고,
서남쪽으로 가니 극포로 이어졌네.
감히 큰소리로 제왕의 좌석에 가지 못하며,
깃이 변하니 신선을 짝한 것 같네.
여기 와서 태화[1] 우물을 물으니,
축수 올리는 어느 해에 연꽃열매 둥글어질까.

■
1. 太華-泰山과 華山.

謹覽 餘力齋行狀後 感吟
-삼가 여력재 행장을 보고난 뒤 느껴 읊다

老益加工意未闌, 如斯方可見松寒.
安貧守道熟能易, 窮理硏經殆亦難.
南有剛翁傳舊鉢, 上令御史到春欄.
終來不負山林志, 無愧桐江七里灘.

뜻에는 늦음이 없어 늙어서도 더욱 공부하니,
이와 같이 해야 추운 날에도 푸른 소나무를 볼 수 있는데.
가난해도 평안히 지내며 도를 지킴이 누가 쉬우랴,
이치를 연구하고 경서를 연마함은 위태하고 또한 어려운 것인데.
남쪽에는 강옹[1]이 있어 옛 바리때[2] 전하였고,
위로는 어사로 하여금 봄 난간에 오게 하였네.
마침내 산 숲의 뜻을 저버리지 않으니,
동강 칠 리[3]의 여울에 부끄럽지 않구나.

先生姓張 諱憲周, 字幼章. 號餘力齋, 興城人. 居羅州佳洞, 先生
早年束脩于忠淸道宋判書 剛齋先生 諡文簡公門下, 公歿後先生
撰行狀, 其書冊與杖屨, 因以自任焉. 乙巳春 自上有別薦之, 敕
觀察使金公, 下來先生固辭不就.

선생의 성은 장이요, 휘는 헌주요, 자는 유장이며, 호는 여력
재이니 홍성 사람이다. 나주 가동에 사셨다. 선생이 이른 나
이에 충청도 송판서 강재선생 시호 문간동 문하에 속수[4]하였
다. 공이 돌아가신 뒤 행장을 짓고, 그 서책과 장구[5]는 스스로

말았음이라. 을사년 봄에 위로부터 특별히 천거함이 있어, 관
찰사 김공에게 조칙하게 하였으나, 내려온 선생은 굳이 사양
해 나가지 않았다.

■
1. 剛翁-宋判書 剛齋.
2. 발우(鉢盂)-바리.
   의발(衣鉢)- 傳法의 표가 되는 물건, 師父가 弟子에게 道를 전하는 것.
3. 七里.
4. 束脩-제자가 될 때 스승에게 보내는 예물.
5. 杖屨-유품.

射山齋 書示新式少年
-사산재에서 신식 소년에게 써서 보이다

曾在弱冠談欲高, 當年人道衆中豪.
朝來莊嶽辭齊語, 夜入邯鄲泣魯醪.
出郭爲堂栽五柳, 臨溪理網掩紅桃.
鳥雖鳴我靑春好, 鴟舌無功盡日勞.

일찍이 약관[1]에 고상히 말하고자 하니,
그때 사람들이 여럿 가운데 호걸이라 하였구나.
아침에 장악[2]의 거리에 와서 제나라 말 사양하였고,
밤에 감단[3]에 들어가 노나라 술에 울었네.
성곽에서 나와 집 지어 버들 다섯 그루를 심었고,
시내에 다다라 그물을 짜며 홍도나무로 가렸네.
새는 비록 울어도 내 청춘은 좋으니,
왜가리는 공도 없이 해가 다하도록 수고만 하네.

■
1. 弱冠-남자 이십 세의 전후의 나이.
2. 莊嶽-孟子 滕文公 章句 下 參照 . 楚나라 사람에게 齊나라 말을 배우게
   하려면, 齊나라 사람으로 하여금 가르치게 해야 하는데, 楚나라 사람 여
   럿이 떠들어 댄다면, 날마다 종아리를 쳐도 될 수 없다는 말.
3. 邯鄲-燕의 소년이 趙의 서울 邯鄲에 가서, 그 곳의 걸음걸이를 본받다
   가 충분히 배우지 못하고 자기 나라로 돌아와 보니, 邯鄲의 걸음걸이도
   안 되고 자기의 본 걸음걸이도 잊어 버렸다함.
   * 邯鄲之步: 자기의 本分을 버리고 남의 行爲를 본받는 것은 실패한다는
   말.

射山齋謝沈萁玉訪來
-사산재에 심기옥이 찾아옴을 감사해 하며

話舊論新感益添, 賓筵自愧二難兼.
座侵寒雨撼疎竹, 簷漲午波搖短簾.
十里關心身亦晚, 三年如夢語還纖.
始知沂上餘風在, 甲寺風烟且不厭.

옛것을 말하고 새것을 논함에 감정 더욱 심해지는데,
손님잔치에 스스로 부끄러움은 두 가지[1] 겸하기가 어렵다네.
좌석에 찬비 들어와 성근 대나무를 흔들고,
처마에 어수선한 물결 넘쳐 짧은 발을 흔드네.
십리에 관심 두니 몸 또한 늙었고,
삼년이 꿈같아 말은 도리어 섬세하네.
비로소 기수 위에 남은 풍속 있음을 아니,
갑사의 바람연기 또한 싫지 않구나.

■
1. 新舊感-신식, 구식

偶成三首
-우연히 세 수를 짓다

晴簾酌酒燕來朝, 幽逕吹簫鶴立宵.
野外無心忘稼穡, 山中有事學漁樵.
空庭雨歇生微藿, 小院春閒展綠蕉.
栽活靑松千尺立, 恐敎風力倚雲搖.

개인 날 발 아래에서 술을 따르니 제비는 아침에 오고,
그윽한 길에서 피리 부니 학은 밤에 서 있구나.
들 밭은 심고 거둠을 무심히 잊고,
산중의 일이란 고기 잡고 나무함을 배움일세.
빈 뜰에 비 그치자 작은 콩잎 나고,
작은 집에 봄은 한가해 푸른 파초 펼쳤네.
심어 살린 푸른 솔이 천척 높이로 서 있으니,
바람의 힘이 구름을 흔들까 두렵구나.

又

幽池始暖可漚麻, 晴午惹來春興加.
雙簧出柳鳴黃鳥, 兩鼓生萊動晚蛙.
短屐靑山新用蠟, 輕衣白日半裁紗.
更覓桃源佳境入, 十洲如畵夢中遌.

깊은 못이 이제야 따뜻해 삼을 빨 만한데,
정오가 되어 날이 개니 봄 흥취 더해지는구나.
한 쌍의 생황은 버들에서 나오니 우는 꾀꼬리요,

두 개의 북이 쑥빛 나니 늙은 개구리가 뛰는구나.
짧은 신발은 푸른 산에서 새로이 사냥할 때 유용하고,
대낮에 가벼운 옷의 반은 비단으로 재단하였네.
다시 무릉도원의 아름다운 지경을 찾아 들어가니,
십주가 그림 같아 꿈속에도 멀구나.

召陵何在責包茅, 始信黃河用寸膠.
桃苅已長牛耳老, 棘林初密鳥聲交.
草堂如夢兩端幅, 江水無情三尺鞘.
已矣空爲娶室語, 溺冠歸路莫相嘲.

소릉[1]은 어디에 있어 포모[2]를 꾸짖으랴.
비로소 황하가 조금의 탁함을 믿네.
도렬[3]은 이미 자랐고 우이[4]는 늙었으며,
가시 숲이 원래 울창하니 새소리 화답하네.
초당은 양쪽 끝의 넓이가 꿈만 같아,
강물은 무정히 석자의 칼집(채찍) 같구나.
그만두어라 공연히 장가들라는 말을 하니,
돌아가는 길에 관을 빠뜨리니 서로 조롱하지 말라.

■
1. 召陵-端宗의 生母 현덕황후의 墓. 조선중기 이후 폐묘 됨.
2. 包茅-제사에서 降神할 때 쓰는 띠 묶음으로, 이를 그릇에 담아 술을 따
   라 바쳤음. 제후국이나 지방에서 진상하는 貢物을 말함.
3. 桃苅-부정풀이. 복숭아나무와 갈대 빗자루. 복숭아나무는 귀신이 두려
   워하고 갈대빗자루는 상서롭지 못한 기운을 쓸어버림.
4. 牛耳-盟主. 우두머리가 됨. 옛날 諸侯들이 모여 盟約할 때 희생이 되는
   소의 左耳를 찢어 피를 받아 마셨음. 이때 盟主가 소귀를 잡았다는 데
   서 나온 말.

丁巳秋 訪草頭里 養修齋吟
-정사년 가을 초두리 양수재를 방문하여 읊다

十里爲尋居士廬, 一邊茶竈一邊書.
黃花淡影秋霜晚, 落葉寒聲夜雨疎.
宿露空庭看晧鶴, 豊年小屋夢閒魚.
從來[1]偏憶黃山老, 寸土零丁[2]十竹餘.

십리 길을 걸어 거사의 집 찾게 되니,
한쪽은 차 끓이는 부엌이요 한쪽은 책이네.
국화의 맑은 그림자에는 늦은 가을서리가 내리고,
쓸쓸한 낙엽 소리에 밤비마저 거치네.
지난밤 이슬은 빈 뜰에 흰 학같이 보이고,
풍년 든 작은 집에는 한가하게 지내고 싶다.
종래에 두루 황산의 늙은이 기억하니,
좁은 논밭에 고독한 열 개의 대만 남았구나.

此樓曾作使君軒, 故老尙傳鄕試言.
大野東臨開沃土, 平岡北落列層村.
文名輩出少年榜, 酒禮併行多士樽.
往事凄凉流水逝, 好天何日復回元.

■
1. 從來-이전부터 최근까지.
2. 零丁-뜻을 잃음. 孤獨해서 도움이 없음.

이 누각은 일찍 지어 그대 헌함으로 사용하니,
늙은이 오히려 향시^{3}의 말을 전하는구나.
동쪽에 닿은 넓은 들은 옥토를 열었고,
평평한 산은 북쪽에 떨어져서 층층이 마을 늘어섰네.
문명^{4}은 소년 방에서 연이어 나오고,
주례는 많은 선비가 술통 가까이서 행하네.
지난일은 처량하게 물에 흘러 가버렸으니,
좋은 시절 어느 날 다시 원래로 돌아갈까.

勸示學者
-배우는 사람에게 권해 보이다

人生有此一靈埛, 莫使丹靑埋古埃.
磨杵文章書復讀, 焚銀學士卷初開.
愼爾威儀朝涉來, 思吾過失夜聞雷.
應如呂尙須窮困, 渭上文王夢裏回.

인생은 이 한 영대[1] 있으니,
단청으로 옛 티끌을 묻어버리지 말라.
갈고 다듬은 문장은 쓰고 또 읽고,
책을 처음 편 학사는 은촛불을 태우네.
너의 위의를 삼가해 아침에 건너오고,
내 과실을 생각하니 밤에 우레 소리 듣는구나.
응당 여상[2]같이 모름지기 곤궁하여도,
위수 위로 文王이 꿈속에서 돌아온다네.

---

1. 마음.
2. 姜太公.

又 浪吟 六首
-마음대로 읊다

晏坐臨溪數尺垳, 無風一夜宿塵埃.
長堤暮雨纖初霽, 大野寒雲半欲開.
沙明忽問岸邊雪, 石轉遙聽山下雷.
晚月應來三峽遠, 思君不見放歌廻.

시내에 다다라 몇 자의 누대에 편히 앉으니,
바람 없는 하룻밤에 티끌은 자는구나.
저물녘 긴 둑에 가늘게 내리던 비는 비로소 그치고,
큰 들판에 찬 구름은 반쯤 걷히려 하네.
흰빛 모래는 문득 언덕가의 눈인가를 묻고,
돌이 구르니 멀리 산 아래에서 우레 소리 듣네.
늦은 달 응당 뜨니 삼협[1]은 머니,
그대 그리워하나 보지 못하고 노래 부르며 돌아오누나.

江亭健筆似長杠, 瀉我心懷達曉釭.
大海雲冥鵬徒一, 長空月黑雁飛雙.
金人尙在難開口, 鼎足將傾要盪腔.
自想張公今已老, 漢旌何處築三浲.

■
1. 三峽-양자강 중류에 있는 세 협곡으로 巫峽, 瞿塘峽, 西陵峽으로 舟行
   이 곤란함.

강가의 정자에서 굳센 붓이 길고 굵은 장대 같아,
나의 마음속의 생각 쏟아 붓고 나니 동틀 무렵 등잔이 드러나네.
넓고 큰 바다의 구름은 어두워 붕새는 한번 옮기고,
긴 하늘 달은 검어 기러기 쌍으로 나는구나.
금인[2]이 아직 있어도 입 열기 어렵고,
정족[3]은 장차 기울어 흔들어 속을 비우려하네.
스스로 장공을 생각하니 이제 이미 늙었으니,
한나라 깃발 어느 곳에 세 번 물넘이 둑 쌓을까?

■
2. 金人-佛像.
3. 鼎足-三權.

所思
－생각하는 것

林郊不復見其仁, 感憶衰周老聖人.
時暮出王餘夏諺, 世多分子到秦貧.
紅龍日早潛豊沛, 赤鯉天寒伏渭濱.
激以成聲詩以罷, 白雲南望又思親.

숲 들판에서 어진 이 보지 못하니,
쇠약한 주나라의 늙은 성인 기억나네.
마지막 때 나온 왕은 夏의 속담에 남았고,(子夏)
諸子들이 세상을 많이 나누니 秦은 가난하게 되었네.(蘇秦)
이른 새벽이 되자 붉은 용은 豊沛에 잠겼고,(劉邦)
날도 찬데 붉은 잉어는 渭水 물가에 엎드렸네.(姜太公)
노랫소리가 높아졌기 때문에 詩는 그만두었으니,
흰 구름 남쪽 바라보며 또한 어버이 그리네.

又

嶽色蒼寒削劒文, 愁腸堪斷夜懷君.
生青玉宇涼如水, 帶白銀河淡欲雲.
竹影元同三逕在, 梅陰獨不兩家分.
月林幸有宿驚鵲, 報我相逢來日云.

큰 산 빛은 푸르고 차가와 칼로 깎은 듯한 무늬니,
근심으로 상한 마음 끊어짐을 참으며 밤에 그대 그리네.
푸름빛 나는 하늘은 서늘하기가 물과 같으며,
흰빛 띈 은하수는 맑아 구름 같구나.

대나무 그림자는 처음 세 갈래 오솔길에 같이 있고,
매화 그늘은 홀로 두 집을 나누지 않았구나.
달 숲이 다행히 자는 까치 놀라게 하니,
나에게 알리길 내일 서로 만나자하네.

又

山風野雪轉成寒, 不復遊人坐曲欄.
壇享歲功[1]來管敲, 墓追時祭上衣冠.
堪歎籬菊須停酒, 爲訪蹊梅且理鞍.
物換星移時節暮, 晴空磨礦掩眸看.

산바람이 부니 들에 있는 눈발이 추워지고,
노니는 사람 굽은 난간에 앉지 않는구나.
제단에 수확한 것을 올리니 악대가 오고,
무덤에서 시제를 추모해 의관을 올리네.
잠깐 술을 멈추고 울타리에 핀 국화를 감탄하며,
좁은 길의 매화를 살펴보며 또한 안장을 다스리네.
세월은 흘러 사물이 바뀌고 시절은 저문데,
갠 하늘이 옥을 갈아 놓은 듯해 눈을 가리고 보네

■
1. *歲功*-해마다 해야 할 일, 농사, 수확.

又

蕭然常布²客於西, 中夜徘徊落木堤.
一六未暇上林鴈, 兩三燈火隔隣迷.
牧羊³未暇上林鴈,⁴ 抹馬爲留函谷鷄.⁵
已矣歸來牕下入, 箇中時事引詩題.

거친 베 입은 나그네는 서쪽에서 삼가고 두려워하는 모습으로,
밤중에 나뭇잎 지는 둑을 배회하네.
하나 여섯⁶ 물소리는 시내에 다다라 가늘어지고,
이웃을 사이에 둔 두세 등불은 희미하구나.
양을 치느라 여가 없는 상림의 기러기요,
말을 채찍해 머물게 된 함곡의 닭이라.(鷄鳴狗盜)
그만이구나, 돌아와 창 아래에 들어가니,
그 중에 시대의 일을 시 제목에 인용해 보노라.

■
2. 常布-품질이 낮은 거친 베.
3. 蘇武牧羊 참조-무제의 천한원년(B.C.100) 흉노에 사신으로 갔다가 붙들
   렸으나 결코 항복하지 않고 북해로 옮겨져 양을 치며 19년간 많은 고생
   을 함. 황제가 상림에서 기러기를 쏘아 잡았는데 다리에 비단 조각이
   있어 소무가 살아서 양을 치고 있다는 것을 알게 됨.
4. 雁帛-漢의 蘇武가 흉노의 땅에 억류되어 명주에 쓴 편지를 기러기의
   발에 묶어 漢帝가 上林에서 얻었다 함.
5. 鷄鳴狗盜-齊나라 孟嘗君이 秦의 관문인 함곡관을 빠져나온 고사.(史記
   孟嘗君 열전 참조)
6. 一六-주사위 눈처럼 1~6이듯이 한 방울이 여섯 방울 같음.
   한 간 길이의 돌로 폭이 한 자, 두께가 6치인 것

有客來　五首
-객이 와서 다섯 수를 짓다

昔年聞道小山佳, 同是洛陽來此街.
石帶雪痕開孝閣, 鐵磨氷色倒書堵.
渭雲問我離家夢, 江樹聽君舊國懷.
擴罷猶餘持贈語, 顔賢簞食足生涯.

지난해 작은 산이 아름답다는 말 들었더니,
낙양의 이 거리에 같이 왔네.
돌에는 눈 흔적이 있고 효각을 열었으며,
쇠를 갈은 듯한 얼음 빛은 책 섬돌에 넘어졌네.
위수 구름은 집 떠나는 꿈을 나에게 묻고,
강가에 있는 나무는 옛나라의 회포를 그대에게서 듣는구나.
흩어져도 오히려 남은 것은 해줄 말을 있음이니,
안연은 어질어 밥그릇만으로도 평생이 족하다 하네.

江樓有客値良宵, 擁樹雲烟更晚消.
氷碉殘聲多細雨, 雪窻霽色易明朝.
重陽送酒家何在, 明月乘舟路正遙.
豈謂吾朋來此地, 燈前一笑瀉紅潮.

강 누각에 나그네 있어 좋은 밤을 만나니,
나무를 안은 구름안개 다시 늦게 사라지는구나.
가는 비 많이 내리니 얼음시내에는 소리가 남아있고,
눈 내리는 창의 갠 빛은 맑은 아침에 새로워지네.

중양에 술 보낼 집 어디 있으며,
밝은 달에 배를 타니 길은 정말 멀구나.
어찌 내 벗이 이 땅에 왔는가 하면,
등불 앞에서 한번 웃으며 홍조[1]를 쏟아내는구나.

聽君詩語使人驚, 落地瓊琚[2]價不輕.
沈壁晚烟生薄暖, 隔窗寒雪轉微明[3].
寧聞殿角鳴金鯉, 忍說池頭老石鯨.
半日陽關暫無事, 偶然談話及天傾.

그대의 시어를 듣는 사람들은 놀라게 되니,
땅에 떨어진 귀한 선물 값이 가볍지 않네.
벽에 스며드는 늦은 연기로 엷은 따스함이 깔리고,
창을 사이한 찬 눈 때문에 희미하게 밝아지는구나.
차라리 전각에 우는 금잉어 소리를[4] 듣고,
못가에 있는 늙은 돌고래에 대해서는 차마 말하지 못하네.
잠시 일이 없어 반나절 양관[5]에 있다가,
우연히 이야기를 하다 보니 날이 저물게 되었네.

■
1. 紅潮-부끄러워하는 얼굴. 취하여 붉어진 얼굴.
　　　　아침 해가 비치어 붉게 보이는 바다.
2. 瓊琚-아름다운 선물. 瓊章-남의 詩文.
3. 微明-희미하게 밝음. 아주 깊은 생각.
4. 풍경소리.
5. 陽關-甘肅省 燉煌縣 서남. 陽關曲

歲將云暮隔新元, 接地群陰去復飜.
連野暗聲川欲咽, 滿山寒氣石相言.
靑牛[6]歲晚過秦谷, 白鶴雲空下衛軒.
朔漠知應靑冢[7]在, 與君何日弔黃昏.

이제 한 해가 저물어 새해로 바뀌려는데,
땅과 이어진 그늘은 다시 뒤집어지네.
들판을 이은 어두운 소리에 시내도 울려하고,
산에 가득한 찬 기운은 돌이 서로 말하는 것 같네.
푸른빛 소는 세밑에 진곡을 지나며,
흰 학은 구름 하늘서 처마를 덮으며 내려오네.
삭막한 곳에 응당 청몽이 있는 줄 아니,
어느 날 그대와 황혼을 위로하리.

小舟乘興訪溪流, 不謂吾朋來此頭.
風歇微煙連野宿, 夜凉孤月滿江浮.
心論芝臭隨同室, 笑索梅花徙倚樓.
多謝東行今萬里, 山陰雪隔此中留.

■
6. 靑牛-신선이 타는 소. 검은 털의 소. 老子가 函谷關을 지나 西域으로
   갈 때 탔다는 소.
7. 靑冢-王昭君의 무덤.

흥겹게 작은 배에 타서 시내를 살펴보니,
우리 벗이 이곳에 온다 말하지 말라.
바람 그치자 옅은 안개는 들에 가득 머무르고,
밤은 서늘해 외로운 달은 강에 환하게 떠있구나.
마음으로 지초 향기 의논하며 따라서 집에 같이 있게 되었고,
웃으며 매화를 찾아 거닐며 다락에 기대네.
이제는 만 리나 되는 동쪽으로 가는 것 사양해,
산그늘에 눈이 막혀 이 가운데 머무네.

冬至
-동지

頑陰剝盡動新陽, 仍倚西湖一草堂.
歲改惟希君道大, 冬窮不耐客愁長.
江山氣孕明春色, 樹木心回舊日香.
往復何殊人與物, 故園前路夜東望.

더디지만 두드림을 다하여 새로운 세상을 움직이니,
그 일로 서호의 한 초당에 의탁하게 되었네.
해가 바뀌어 오직 그대 도가 크길 바라고,
겨울 다하니 나그네시름 긴 것 견디지 못하네.
강산의 기운은 내년 봄빛을 잉태하였고,
나무의 마음은 옛날 향기 돌아왔네.
가고 돌아옴에 어찌 사람과 사물이 다르랴,
고원의 앞길에서 밤에 동쪽을 바라보는구나.

新郞
-결혼하는 남자

藍袍草笠善其儀, 玉骨溫溫[1]看亦宜.
召邑風和氷泮日, 商郊雨歇燕來時.
珊珊[2]寶玦聲中步, 隱隱[3]華屛影裏隨.
國亂今纔得遂禮, 三星夜戶趁佳期.

쪽빛 도포 입고 초립 쓴 그 거동 좋으니,
옥골이 온화해 보는 것 또한 마땅하네.
소읍 바람 온화하여 얼음 풀리는 날이요,
상교에 비 그치고 제비 올 때로다.
패옥 보배 가락지 소리 가운데 걸으며,
은은한 화려한 병풍 그림자 속을 따르는구나.
나라가 어지러운 이제 겨우 예를 마치니,
세 별 빛나는 밤 문에 아름다운 기약을 쫓았네.

■
1. 溫溫-溫和한 모양. 潤澤한 모양.
2. 珊珊-페옥소리.
3. 隱隱-가리워져 있는 모양.

燈火
-등불

大光將及楚門魚, 完似東方出日居.
天閣人來靑植杖, 馬陵[1]兵散白懸書.
能收窓外三分昧, 化作房中一太虛[2].
玉燭[3]春坮因感問, 狂風昨夜盡抹疎.

큰 빛이 장차 초문의 고기에 미치니,
완전히 동방에 해 뜬 것 같구나.
천각의 사람 와 조용히 지팡이 세우고,
마릉의 군사들은 희게 쓰여진 글에 흩어졌네.
능히 창밖의 어두움 얼마간 거두고,
변하여 방 가운데 하나의 태허가 되네.
옥촉의 봄 누대에 느낌 물으니,
미친바람이 어제 밤에 다 뭉개어 성글다 하구나.

■
1. 孫殯이 龐涓을 죽인 故事.
   龐涓-전국시대 魏나라 사람, 孫殯과 같이 鬼谷子에게 병법을 배움. 馬
   陵에서 손빈의 계략에 의해 방연이 죽게된 고사.
2. 太虛-하늘. 우주의 근본원리.
3. 玉燭-사철의 기후가 고르고 천하가 태평함.

雪松
-눈 속의 소나무

冒雪孤松態色幽, 琴歌獨唱作遨遊[1].
胡僧[2]半睡尨眉覆, 皤老深愁鶴髮浮.
柳絮凝烟臨薄暮, 蘆花帶月立高秋[3].
丈夫氣像看他得, 窮巷斜陽咏未休.

눈을 무릅쓴 외로운 솔은 자태가 그윽한데,
거문고 노래 홀로 부르며 즐겁게 노네.
스님은 반쯤 졸고 삽살개 눈썹 덮었고,
머리 흰 노인 깊은 근심에 학의 깃털 같이 센 머리털이 떠 있구
나.
버들 솜은 안개 어려 박모에 다다랐고,
갈대꽃은 달을 장식하고 한창의 가을에 서 있구나.
대장부의 기상은 저를 보고 얻으니,
지는 해에 궁벽한 거리에서 읊는 것 쉬지 않네.

■
1. 遨遊-재미있게 놀음.
2. 胡僧-胡國僧侶, 외국의 중.
3. 高秋-하늘이 높고 말끔해지는 가을. 가을이 한창인 때.

風竹
-바람 부는 가운데 대나무

撼撼颼颼碧碎金, 獨來幽館故休琴.
清虛[1]冷落[2]搖難畵, 淡灑疎深淨可吟.
露幹爲聲忘肉味, 霜梢作氣整衣襟.
晴天不受塵埃立, 逸興[3]淇南有客尋.

우수수 부는 바람에 흔들리고 흔들려 푸른색으로 빛나고,
그윽한 집에 홀로 있으며 거문고도 쉬었네.
마음은 깨끗하나 적막해서 쓸쓸함에 흔들려 그리기 어려우나,
맑고 성글어 깨끗해 읊을 만하구나.
이슬 맞은 가지가 소리를 내니 고기 맛 잊고,
서리 내린 가지를 보니 기운을 내어 옷깃을 정돈하네.
갠 하늘 티끌 하나 없으니,
세속 떠난 흥취 기수 남쪽으로 찾아오는 객이 있구나.

■
1. 淸虛-마음이 맑고 잡된 생각이 없이 깨끗함.
2. 冷落-적막하고 쓸쓸함.
3. 逸興-세속을 떠난 風流스러운 흥미.

己未春 入佛甲丹山村 强參抽葉韻
-을미년 봄 불갑산 단산마을에 들어가서

山中無曆問三元[1], 遙指丹蓂太古村.
晉祿將辭歸栗里, 秦衣未改入桃源.
樓恒近木春還冷, 洞不移雲晝亦昏.
夜聽書聲仍偃臥, 信陵能赴趙平原.

산중에 달력 없어 삼원을 물으니,
멀리 붉은 명력 있는 태고의 마을을 가리키네.
진나라 녹봉 사양하여 율리에 돌아왔고,
진나라 옷 바꾸지 않고 무릉도원에 들어갔었네.
누각은 나무와 가까워 봄에 도리어 차갑고,
구름이 머물러 있는 낮에는 어둡네.
밤에 책 읽는 소리 들으며 누워서 쉬네,
신능군[2]이 趙 평원군[3]에게 다다랐네.

■
1. 三元-上元 1월15일, 中元 7월15일, 下元 10월15일. 正月 元日.
2. 信陵君-戰國時代 魏 昭王의 子. 諸侯들이 그가 어질다는 말을 듣고
   치지 않음.
3. 平原君-戰國時代 趙의 公子. 武靈王의 子. 趙勝.

見語鷰 爲漫吟
－지저귀는 제비를 보고 읊다

訪入新樓賀宴卮, 弄嬌含態語如枝.
輕輕轉舌初疑鳩, 緩緩爲聲復學鸝.
樂在巴堂長夏晏, 喃歸晋巷夕陽移.
憐渠失主深如訴, 手指尋常¹野屋宜.

새 누각 찾아가서 잔치 축하하니,
교태 머금고 말함이 가지 난 것 같네.
가볍고 가볍게 혀 굴리니 처음에는 왜가리인가 의심했고,
느리고 느리게 소리해 다시 꾀꼬리 소리 배우네.
즐거이 파당에 있으니 긴 여름 편안하고,
지저귀며 진항에 돌아가니 석양이 바뀌네.
가련하구나! 네가 주인 잃고 깊이 호소하는 것 같아,
손가락으로 예사롭게 하니 야옥이 마땅하구나.

■
1. 尋常－예사롭게 함.

陟高
-높은 데 올라

陟高無路得詩朋, 背後有山曾不能.
挾砌微陰吟倚立, 橫坡嫩綠步披登.
歸心渭北思秦水, 遠慕終南對漢陵.
嗟我龍樓崗壽晚, 殘紅早未係長繩.

높은데 올라가니 시 지을 친구를 얻을 길 없어,
뒤쪽에 산이 있어 이미 할 수 없었구나.
섬돌을 끼고 가는 그늘에 서서 읊으며,
옆 언덕 고운 푸름에 걸어 헤치고 오르네.
돌아가려는 마음은 위수 북쪽 진수를 생각하고,
멀리 종남을 그리며 한릉을 대하였네.
슬프다 내 용루에 강수는 늦은데,
남은 꽃 일찍이 긴 줄에 매달지 않았네.

穿雲步下洞中天, 棋友琴朋共後前.
積苦經旬如罪蟄, 偸閒半日是神仙.
樹頭晚影留殘照, 牛背輕陰滴暮烟.
入引疎燈仍晚酌, 一空¹簫韻太平年.

구름을 뚫고 걸어 洞天을 내려오니,
바둑 벗, 거문고 친구 앞뒤를 함께 했네.
열흘을 지내며 쌓인 괴로움으로 죄지어 움츠린 것 같으니,
그냥 얻은 반나절은 한가하니 신선일세.
남은 햇빛으로 나무 끝에는 늦은 그림자 있고,
소 등에 가벼운 그늘은 저녁연기에 스며 내리네.
희미한 등불 끌어와서 늦도록 술 마시니,
하늘 전체가 피리 운치에 태평한 해로구나.

圃隱鄭先生 行狀後
－포은 정선생의 행장[1] 뒤에

可輔堯唐可舜虞, 維天命世降東隅[2].
諸鄕設校文風作, 兩墓居廬禮俗扶.
我國衣冠胡習去, 人家祭祀佛供無.
此來誰復先生後, 爲挹竹蘭空自呼.

요임금도 보필할 만하고 순임금도 도울 수 있으니,
오직 천명으로 동쪽 해 뜨는 곳에 내려왔네.
여러 고을에 학교를 설립하여 문풍을 진작하였고,
두 무덤 시묘살이 예속을 붙들었구나.
우리나라 의관은 오랑캐 풍습 버렸고,
집안 제사에 불공은 없게 하였어라.
이곳에 와서 누가 다시 선생의 뒤 따르리,
대와 난초를 잡고 공연히 스스로 불러보네.

■
1. 行狀-사람이 죽은 뒤 그 평생의 글을 적은 것.
2. 東隅-동쪽 해 뜨는 곳.

己未 端陽日 有所感
-을미년 단오에 느낀 바가 있어

五月天中[1]雨正多, 書生憶古不禁歌.
未招義帝[2]度寒食, 將慰忠臣臨碧波.
求藥不來浮海士, 唱花虛渡隔江娥.
今朝又有傷心事, 弔此冤魂宜處何.

오월 단오 날 정말 비가 많이 오니,
옛날을 기억하는 서생은 노래를 계속 부르는구나.
의제를 초대치 못하고 한식을 지내고,
장차 충신을 위로해 푸른 물결에 다다랐네.
선약 구하려고 바다에 떠서 돌아오지 않은 선비요,
강을 사이에 두고 꽃노래를 부르니,
헛되게 건너는 이는 순임금 아내로구나.
오늘 아침 또한 마음 상하는 일 있으니,
이 원혼을 조상함에 마땅한 곳은 어딜까?

---

1. 天中-端午節.
2. 義帝-楚 懷王의 손자. 항우의 조카.

見過蝶
－지나가는 나비를 보고

遽遽娟娟弄夕陽, 全身傳粉過吾堂.
千株橘裏多含氣, 萬葉花間宿飽香.
林苑去同錢影亂, 漆園還共夢魂長.
故宮無領爾應識, 來歲春風先或迎.

바쁘고 급하나 곱고 고운 석양을 즐기니,
온몸 분가루 전하며 내 집을 지나는구나.
천 그루 귤나무 속에 기운이 많이 포함되어 있고,
만엽 꽃 사이에 자며 향기에 배부르네.
숲 동산 떠나가니 돈 그림자 같이 어지럽고,
칠원이 돌아오니 몽혼과 함께 길구나.
옛 궁정 거느림 없는 것 너는 응당 알리니,
내년 봄바람이 먼저 너를 맞이하리.

姜後隱大說來訪 未見而去 追爲之謝
-강후은 대열이 찾아와 만나보지 못하고 돌아가서
  뒤에 사례하다

俯慰躬臨寂寞洲, 入門題鳳認含愁.
傳書已盡隨陽鴈, 倚杖堪聞喚雨鳩.
獨樹依痕懸念遠, 孤雲弄影入望幽.
未由奔往徒增泣, 冀勿他時責絶遊.

몸소 적막한 물 섬에 오심을 구부려 위로하니,
학문에 들어와 봉황을 지으니 걱정 참음을 인정하네.
편지 전하려니 이미 해를 따르는 기러기는 다했고,
지팡이에 기대어 비를 부르는 비둘기는 들을 만하구나.
홀로 나무에 기댄 흔적 생각 헛된 생각은 멀어지고,
외로운 구름이 그림자를 즐김을 바라보니 그윽하구나.
바삐 가지 않으나 한갓 눈물 더해지니,
바라노니, 다른 때 좋은 곳에 노는 것 꾸짖지 말게.

過三水齋 與茂長金東稷 相話
-삼수재를 지나며 무장 김동직과 더불어
 서로 이야기하며

昨拜京城慶會樓, 悠悠往事忍回頭.
今宵說與長沙友, 窓外碧波鳴不流.
穢穗終入汚邪沒, 堅實必從高燥收.
莫復枉尋南下土, 翩然直向石田頭.

어제 경성의 경회루에서 뵈옵더니,
아득하게 먼 것 같은 지난 일에 차마 머리를 못 돌리네.
오늘밤 장사의 벗과 더불어 말하니,
창밖의 푸른 물결은 소리만 요란할 뿐 흐르지 않는구나.
거친 겨는 마침내 더럽고 사특한 물결에 들어 빠졌고
알찬 열매는 반드시 뜨거운 불에 말려 거두는 것이네.
다시 부질없이 남쪽 아래 땅 찾지 말라,
편연히 바로 돌밭머리로 향하네.

姜君太遠誦二曲 有感而問
-강태원이 두 곡을 외우니 느낌이 있어 묻다

王室將微聖壁寒, 掩茅收誦簡編殘.
罷來余問伯夷讓, 姜姓亦爲三禮官.

왕실이 거의 쇠해 임금이 있는 성의 외곽은 쓸쓸한데,
누추한 거처 닫으며 간찰의 나머지 모아서 외어보네.
마치고 온 내가 백이의 사양함을 물으니,
강씨 姓 또한 세 번이나 예관이 되었다네.

謝姜繼遠 授新襪
-강계원이 새 버선을 주어 감사했다

致情非我亦非時, 猶早木棉花發爲.
無以敎功先被了, 有玆新襪却來思.

정을 주는 것이 나도 아니고 또한 때도 아니니,
오히려 일찍이 목화 꽃 피게 되었구나.
가르친 공은 없어도 먼저 신게 되니,
이 새 버선이 있어 문득 생각나게 되는구나.

魯愚二字 贈東澗里 金鍾泰
-노, 우 두 글자로 동간리 김종태에게 주다

參也得宗誠以魯, 柴之爲孝亦由愚.
況高才且不祥事, 須把勤孜無或逾.

曾參은 또한 으뜸 되어 정성으로 노둔했었고,
땔나무로 효도한 자로도 역시 어리석었네.
하물며 높은 재주 또한 상스럽지 않은 일인데,
모름지기 부지런함을 지니고 또 넘지 말 것을.

贈 姜大允 太遠 兩兒斗
-강대윤, 태원의 두 아들에게 주다

從我者皆不及門, 早時歸覲省晨昏[1].
謁誠還養倘如此, 憐爾兩兒來獨存.

나를 쫓는 자 다 문에 미치지 못하니,
일찍 돌아가 부모 뵈옵고 혼전신성 하여라.
정성으로 뵙고 봉양함이 아마 이와 같으니,
너의 두 아들 홀로 있음 가련하구나.

房櫳自靜覆長松, 再度偏憐不改峰.
暮峽雲沈巢瘦鶴, 秋江月隱臥寒龍.

난간은 절로 고요해 소나무가 길게 덮였고,
두 번 가련해 짐에 봉우리 바뀌지 않았네.
구름 잠긴 저문 골짜기 둥지에는 야윈 학 있고,
가을 강에 달은 숨어 추운 용이 누웠네.

絲麻産業村燈火, 黍稻生涯野碓春.
憶古黃郎先我至, 樵朋漁子也相逢.

■
1. 省晨昏- 昏定晨省 : 저녁에는 잠자리를 보아 드리고, 아침에는 문안을
   드린다는 뜻으로 자식이 부모의 안부를 물어서 살핀다.

베 짜는 일에 마을은 불이 환하고,
기장 벼 생계로 들에는 절구질이로다.
옛날 황랑이 나보다 먼저 옴을 생각하니,
나무하는 벗 고기 잡는 이 또한 서로 만났구나.

又

積林交巷不禁風, 肌骨苦寒長夜中.
難遣雨聲鳴漏細, 却憐春意轉燈紅.
閒雲近宿簷牙重, 皎月初生樹影童.
所遇凄然歌別恨, 杜陵時事感相通.

집과 인접한 깊은 숲이라 바람 소리 막을 수 없는데,
긴긴 밤에 살과 뼈는 추위에 괴롭구나.
가랑비 소리 가늘게 떨어지니 시계 울리기 어렵고,
춘정을 사랑해 돌아가니 등불이 붉게 변하네.
한가한 구름 가까이에 머무니 처마는 무겁고,
흰 달 처음 생기니 나무그림자 비죽하네
만나는 바 처량해 이별의 한을 노래하니,
두릉(杜甫)의 시대 일에 감회 서로 통하는구나.

又

傍溪尋學伏沙魚, 飮水生涯卜此居[1].
惟此詩心難可已, 況今秋色不多餘.
枯藤葉墜埋深逕, 舊菊枝長覆曲渠.
此去龍門知不遠, 仍將是日付看書.

가까운 시내에 엎드려 있는 모래무지에게서 은둔함을 배우니,
물을 마시는 생애로 점쳐 여기에 사네.
오직 이 시심 그만두기 어려우니,
하물며 이제 가을빛이 많이 남지 않았구나.
등나무 마른 잎 떨어져 깊은 길에 묻히고,
옛 국화 가지 길어 굽은 도랑을 덮었구나.
이곳에서 용문에 가기가 멀지 않음을 아니,
인하여 이날에 책을 보라 부탁하네.

又

在世趨從各不齊, 獨臨岐路泣東西.
厭秦沃野行千里, 用蜀雲山共五溪.
菽水[2]盡歡當肉食, 茅齋合志那樣題.
致賢雖愧蕭丞相[3], 杖劍初來拜揖低.

세상에 살면서 추종함이 각기 다른데,
홀로 기로에 다다라 동서에서 우는구나.
진나라 옥토가 싫어 천리를 떠났고,
촉나라 구름 산 사용해 다섯 시내를 함께 하였네.
육식을 대신한 콩과 물만으로도 기쁘고,
띠 집에 뜻이 맞아 서까래에 글을 짓는 것 어쩌리오.
어진이 오게 함이 비록 부끄러운 소승상이니,
칼 짚고 처음 와 절함이 낮구나.

■
1. 청빈한 생활로 살만한 곳을 가려 정함.
2. 菽水-변변치 못한 음식. 가난 중에도 부모를 잘 섬기는 일.
3. 蕭丞相-漢 高帝의 功臣. 蕭何.

又 贈 沈瑜澤 張澤秀
－심유택, 장택수에게 주다

獨坐高堂似怪凡, 全無是德倂難咸.
藏書古壁嫌論罪, 戒酒初筵畏立監.
綠竹持堅人共棄, 丹楓獻媚客相摻.
海東秋闊乘桴路, 千里先行係我帆.

홀로 높은 집에 앉아보니 보통과 달라,
온전히 덕이 없어 아울러 함께하기 어렵구나.
책을 옛 벽에 감추니 죄를 논하기 싫고,
술을 경계하여 첫 자리에 두렵게 감사를 세웠네.
푸른 대같이 굳게 가짐 사람들이 함께 버리니,
단풍의 아름다움에 객은 서로 꼬네.
가을이 한창인 바다동쪽을 뗏목을 타고,
먼저 천리를 가서 내 돛대를 메는구나.

又

去國懷鄕日欲斜, 峽中覽物故人家.
園深赤拂向陽荔, 谷怪靑抽經雪茶.
山外身逢今泣雨, 天涯戀入昔昇霞.
天時如昨人胡異, 忠孝一般相莫加.

나라 떠나 고향 그리니 해는 지려하는데,
골짜기 가운데 볼만한 것은 친구 집이네.
동산 깊어 붉음 떨치는 것은 볕을 향한 예지요.

골짜기에 이상한 푸른 싹 남은 눈을 지난 차 잎이네.
산 밖에서 몸소 만나니 이제는 비에 울고,
하늘가 그리움 들어오니 옛날 안개 오르네.
하늘의 때는 어제와 같은데 사람은 어찌 다르랴,
충과 효는 일반적이니 서로 더하지 말라.

又

四塞層峰淬釰光, 居民割界樂耕桑.
漢刑曾忿履加枕[1], 秦禮又看衣不裳.
交檻柳株將展眼, 挾溪桃樹早胎香.
樵人往市歸家語, 猛火將焚玉石岡.

사방 변새 층진 봉우리는 둔한 빛에 물들었으니,
거주하는 백성은 경계를 나누어 뽕따는 것을 즐거워하네.
한나라 형벌은 일찍이 형벌이 가혹하고,
진나라 예는 또한 옷 입어도 치마 입지 않음 보는구나.
난간에 교차되는 버들은 장차 눈을 뜰 것이요,
시내에 있는 복숭아는 일찍이 향기를 잉태하였네.
나무꾼이 저자에 갔다 집에 돌아가 말하길,
맹렬한 불이 옥석의 산을 태운다하네.

■

1. 加枕-발을 벨 것을 목을 벰.

鶴橋晚秋吟 二首
-학교의 늦은 가을

鶴立西橋報晚天, 秋風健客上今年.
江空夜宿千帆雨, 野闊方消萬井烟.
如月蘆花何處岸, 向陽禾稼邦邊田.
此來題問昇仙柱, 駟馬還鄉驛路連.

학이 서쪽 다리에 서서 황혼을 알리니,
가을바람에 건장한 객이 올해에도 올라오네.
텅 빈 강에 야숙하고 있는 많은 배에 비 내리고,
들이 넓으니 많은 집에서 나온 연기도 사라지네.
달빛 같은 갈대꽃은 어느 곳 언덕에 있으며,
햇빛 향한 벼는 누구의 밭인가.
이곳에 와 신선 되어 오른 기둥 물으니,
사마로 고향에 돌아오는 역 길이 이어졌구나.

又
客唱秋聲直上天, 石城歸路是何年.
蒼葭兩岸纖纖雨, 老樹孤村薄薄烟.
黃犢立眠耕麥外, 白尨橫踏摘棉田.
長橋步喚主人在, 籠鶴夕陽江棹連.

나그네 가을소리 부르며 바로 하늘에 오르니,
어느 해에 돌로 쌓은 성에 돌아오게 될까?
푸른 갈대 덮인 양쪽 언덕에는 가는 비가 내리고.
외로운 마을의 늙은 나무를 옅은 연기가 덮네.
누른 송아지 보리 간 밭 밖에서 서서 자고,
흰 삽살개 자유자재로 솜 따는 밭을 밟는구나.
긴 다리 걸으며 주인을 부르니,
학이 뒤덮은 석양이 깃든 강, 배가 줄지어 있네.

秋山有感
-가을 산에 느낌이 있어

山於秋素勝春靑, 玉女輕粧落此亭.
紫盖影濃紅葉外, 錦屛畵爛白雲汀.
全椒道士行歌暮, 叢桂幽人倦夢醒.
六幅輕綃登萬疊, 臥看如合客來聽.

산은 가을의 소박함이 봄의 푸름보다 나으니,
옥녀의 가벼운 화장이 이 정자에 떨어졌구나.
자주 빛 모자 그림자는 붉은 잎 밖에 짙고,
비단 병풍 그림은 흰 구름 물가에 난만하네.
전초 도사 걸으며 노래하니 해 저물고,
총계 그윽한 사람은 게으른 꿈 깨도다.
여러 가지 색깔이 겹겹이 비단에 물드니,
누워서 보니 마음 맞아 손이 와 듣는구나.

秋雨有感
-가을비에 느낌이 있어

未歇江南未見家, 望中物色盡沈斜.
平沙漠漠回寒鴈, 古堞蕭蕭送暮鴉.
長夜梧桐多落葉, 重陽菊樹幾開花.
珠簾捲向西山坐, 佩玉何樓客罷耶.

강남은 개이지 않아 집은 보이지 않으니,
물색을 바라보는 중 다 잠겨 기울었구나.
평평한 모래는 아득한데 찬 기러기 돌아오고,
쓸쓸한 옛 성에 있는 늙은 까마귀를 쫓아버리네.
긴 밤 오동은 떨어지는 잎 많고,
중양의 국화는 몇 번이나 꽃을 피웠나?
구슬 발 걷고 서산을 향해 앉았으니,
옥을 차고 어느 누각에서 손님은 흩어질까?

秋雲
-가을구름

接川靈氣遠還長, 泠落輕陰弄夕陽.
望盡天涯生薄靄, 坐來岩上滴微涼.
高峰擎出如華盖, 絶壁拖過作繡裳.
汾水棹歌何處暮, 白飛猶似漢時光.

시내를 이은 신령한 기운은 멀고 또 긴데,
떨어지는 가벼운 그늘은 석양을 희롱하네.
하늘가를 바라보니 옅은 구름 피어나고,
바위 위에 앉았으니 잔잔한 서늘함이 스며오네.
높은 봉우리 받쳐 나오니 화려한 일산[1] 같고,
절벽은 지나니 수놓은 치마로구나.
분수의 뱃노래는 어느 곳에 저무나,
희게 날리니 오히려 한나라 때 빛과 같구나.

---

1. 日傘-雨傘.

秋月
-가을 달

一年秋月最揚明, 孤客逗遛山下城.
團似鏡奩窺晩色, 皎如書燭誦寒聲.
吳州千里相思友, 楚峀三更未散兵.
願守天涯流照影, 倘令他夜伏波迎.

한 해의 가을 달 중 가장 밝은데,
외로운 나그네 산 아래 성에 머무르네.
둥글기가 거울 같아 노년의 안식 엿보고,
밝기가 촛불 같아 찬 소리를 외우네.
오주는 천리라 서로 벗을 그리워하며,
초산의 삼경에 군사 흩지 않구나.
원컨대 하늘가를 지키며 비치는 그림자 흘리니,
아마 다른 밤에 물결에 비쳐 맞이하리.

入嘉五山 與丁敬齋 永斗吟
-가오산에 들어가 정경재 영두씨와 읊다

早仰佳山蓋有年, 步雲躋上渾無前.
回頭巨勢靈城出, 極目明光押海連.
昨夜飛泉多得雨, 今朝萬壑盡消烟.
此中翁守屹然力, 賴拄一方傾倒天.

일찍이 가산을 우러러 보니 다 풍년인데,
구름을 걸으며 오르니 앞이 없구나.
머리를 돌려보니 큰 힘이 영성에서 나오고,
눈이 다하도록 밝은 빛이 바다에 눌려 이어졌네.
어젯밤 폭포는 비를 많이 얻었고,
오늘아침 골짜기 안개는 모두 사라졌네.
이 가운데 늙은이 힘으로 지키니,
한곳에 기울어져 넘어진 하늘[1]을 버티는구나.

又 二首
仍乘木屐曳藤筇, 漸入佳山坐此儂.
沃野臨前盈百室, 重巒擁後退邊峰.
聽言利似治良藥, 飽德薰如醉厚醲.
並在南州今一識, 榮光那必用侯封.

■
1. 세상, 운수, 진리, 임금을 뜻함.

나막신 신고 등나무 지팡이 끌고,
점점 가산^{2}에 들어온 나를 머물게 하는구나.
비옥한 들판 앞에 있어 온 방에 가득하고,
뒤를 감싼 겹겹의 산은 변방의 봉우리로 물러났네.
유익한 말을 듣는 것은 양약으로 고쳐지는 것 같고,
덕스러운 교훈에 배부름은 진한 술에 취한 것 같네
남쪽 고을에 같이 있음을 이제 알게 되었으니,
봉후에게 영광이 어찌 꼭 소용 있겠는가.

■
2. 佳山-地名

敬題 丁丈永斗氏 齋中
-공경히 정영두 어른 재실 가운데서 짓다

此齋承錫百其朋, 要觀躬行實地^{1}證.
敬在深山持索索^2, 誠遵舊址見繩繩^3.
霧沈莫曰世間窄, 風打便爲天下澄.
謹請牢藏三櫝玉, 及時聲價^{4}倍爲增.

이 집은 많은 벗 이어주어,
몸소 행한 것 보면 실제로 증명되네.
공경함은 깊은 산에 있어 두려움 가지고,
정성은 옛 터전 따라 삼가고 경계함 보네.
안개 가라앉으니 세상 좁다 말하지 말고,
바람 치니 문득 천하가 맑다 하구나.
삼가 청하노니 세 개의 독에 옥을 감추면,
때가 되면 좋은 평판이 갑절로 더하리라.

■
1. 實地-實際. 事實. 실제의 장소. 承錫.
2. 索索-두려워하는 모양. 形狀. 외롭고 쓸쓸하여 눈물 나는 모양.
3. 繩繩-삼가하고 경계함. 많은 모양. 끊어지지 않고 계속되는 모양.
4. 聲價-세상의 좋은 평판. 聲名, 명성.

敬齋 丈
-경재 어른

草堂生色有高朋, 墨客騷人自此登.
樹陰漸密庭心暗, 麥雨[1]初晴澗氣澄.
愼言敢忘戒緘口, 爲政當如治亂繩.
始識眞工由麗澤[2], 聖門闊步講論增.

초당이 빛남은 수준 높은 벗 있음이나,
묵객과 시인이 스스로 이곳에 올라오네.
나무그늘 점점 조용해지고 뜰 가운데는 어두워지니,
보리 비 처음 개이자 시내 기운 맑구나.
말은 삼가고 굳게 입 다물라는 경계 잊고,
정치란 마땅히 어지러운 법을 다스리는 것일세.
비로소 진짜 공부는 서로 여택함을 아는 것이니,
성인의 문에 활보하여 강론이 더하여지는구나.

■
1. 麥雨- 보리가 익을 무렵에 오는 비.
2. 麗澤-벗끼리 서로 도와 학문을 닦고 수양에 힘쓰는 것.

謾吟
-마음대로 읊다

丁欄睡起午天明, 晏坐依然物外情.
思入斷雲迷欲沒, 眼隨流水遠還淸.
輕簾篆滴閑花影, 遠樹笙鳴好鳥聲.
門柳光風來拂面, 晋朝徵士庶幾迎.

丁자 모양 난간에서 졸다 일어나니 오후 하늘은 밝은데,
편히 앉으니 그대로 세상 밖의 감정이로구나.
조각조각 끊어진 구름으로 생각이 들어가니 미혹이 없어지려하
고,
눈은 흐르는 물에 따라 멀고 또 맑구나.
가벼운 발에 구불구불 스며드는 것은 한가한 꽃 그림자요,
멀리'나무에서 피리 부는 것은 좋은 새 소리로다.
맑은 날 부는 바람에 문 앞 버들은 얼굴에 떨쳐오니,
진나라 조정에서 부른 선비[1] 맞이하는 것 같구나.

■
1. 晉나라 陶淵明을 말함.

抽葉
-잎을 거두며

好鳥一聲山更幽, 杜翁先我在黃牛.
須將富念歸如願, 暫欲詩歌喚莫愁.
麥穗前郊將壞室, 楊花古渡自橫舟.
高堂畫紙緣何事, 不是專心任奕秋.

아름다운 새 소리에 산은 다시 그윽한데,
두옹은 나보다 먼저 누른 소 두었네.
모름지기 부유한 생각 가져 돌아가길 원하는 것 같고,
잠시 시가를 지어 불러보니 시름이 없어지네.
보리 이삭 팬 앞 들판에 있는 집은 무너지려고 하고,
버들 꽃핀 옛 나루터에는 절로 배가 비꼈구나.
고당에 그림종이는 무슨 일과 관련 있나
오로지 그 일에만 마음써 혁추[1]에게 맡기려 함이 아닐세.

■
1. 奕秋-孟子 告子上 弈秋 通國之善奕者也.
   弈楸-碁局, 碁盤. 바둑 잘 두는 사람.

登三角山
-삼각산에 올라서

四月携筇伴友隨, 拄天三角到頭爲.
潮通海合中州出, 地接山從故國馳.
祈雨壇空嘆是日, 禮雲塔古憶先時.
鄕關欲暮今何處, 草樹蒼茫杳入詩.

사월에 작지 가지고 벗을 짝해 따르니 ,
하늘을 버틴 삼각산 꼭대기에 이르게 되었네.
조수는 바다로 통해 중주에 합쳐져 빠져나가고,
산과 인접한 땅은 고국으로 이어졌구나.
기우제를 드린 제단은 쓸쓸히 이 날을 탄식하고,
구름에 절한 탑은 오래되어 선대를 기억하게 하는구나.
고향 관문은 저물려 하는데 이제 어느 곳에 있나.
풀과 나무는 푸르고 넓은데 아득히 시를 지어보네.

登五美峰
-오미봉에 올라

侍我齋翁强下樓, 峰云五美陟高頭.
回龍洞外水橫去, 放馬山前雲半浮.
俄者丁寧平地語, 悠然彷彿[1]上天遊.
聖門進步誰從政. 四惡[2]屛來這處求.

내가 모시는 집안 어른을 권해 누각에서 내려오게 하니
봉우리를 오미봉이라 하여 높은 곳에 오르네.
회룡동 밖은 물이 가로질러 가고,
방마산 앞에는 구름이 반쯤 떠 있구나.
아까는 정녕 평지라 말하였는데,
유연히 하늘에 올라 노니는 것과 비슷하네.
성인의 도에 나아가 누가 정사를 쫓나?
사악을 가리고 와서 이곳에서 구해보네.

■
1. 彷彿-거의 비슷함. 근사함.
2. 四惡-악인이 죽어서 가는 地獄, 餓鬼, 畜生, 阿修羅.

登嘉五山後麓
-가오산 뒷 기슭에 올라

松壇有約獨相求, 小破胸中長夏幽.
聞蟬嘒嘒靑林蒼, 好鳥喈喈綠葛邱.
野闊遙聽流水立, 山深更坐午雲遊.
風力飄蕭生布袂, 秋天若上白蘆舟.

소나무 제단에 약속 있어 어찌 서로 구하는지,
조금 부서진 가슴 안에 긴 여름 그윽하구나.
매미소리 우는 것 들으니 푸른 숲 울창하고,
푸른 칡 난 언덕일 아름다운 새가 우네.
넓은 들판에 멀리 흐르는 물소리 듣고 섰자니,
깊은 산에 계속 앉아 오후 구름에 앉아 노니네.
바람 불어 나부껴 소매 속에 생기니,
가을날 흰 갈대로 만든 배에 오른 것 같구나.

登前麓
－앞 산기슭에 올라

平郊稻浪碧連天, 雲外濃岑立半邊.
大蛤堡低朝霽雨, 偰鷄坪闊午消烟.
琴心轉冷疎松塔, 詩話生香綠草筵.
倬彼千田占歲取, 滿空翠靄日悠然[1].

평평한 들판의 푸른 벼 물결은 하늘에 닿았는데,
구름 밖 짙은 산은 반쯤 가에 서 있구나.
대합보는 낮아 아침에 비 개이고,
연계평은 넓어 낮에 안개 사라지네.
거문고 탈 마음은 성근 솔 탑에서 사라지고,
시 이야기는 푸른 풀 자리에서 향기 나게 하네.
큰 저 천이랑 밭 한 해 점쳐 취하니
하늘 가득히 푸른 구름 일어나고 날로 유연하구나.

又
盡日平望大蛤郊, 靑蒼翠碧難相交.
田禾浥露秀香穗, 野秫翻風長綠梢.
隔樹鳴蟬淸嘒嘒[2], 投林去鳥遠咬咬[3].
北極芚池南富谷, 千年火食幾檜巢[4].

■
1. 悠然－침착하여 서둘지 않음. 태연한 모양.
2. 嘒嘒－매미 울음소리.
3. 咬咬－새가 지저귀는 소리.
4. 檜巢－上古時代 나무로 엉성하게 지은 새둥지 같은 집.

해 다하도록 대합 들판을 바라보니,
푸르고 푸르며 푸르고 푸르러 서로 사귀기 어렵네.
밭의 벼는 이슬에 젖어 향기로운 이삭 패어나고,
들판의 차조기는 바람에 번득여 푸른 가지 길어나네.
나무를 사이하여 우는 매미는 맑게 소리하고,
숲에 들어오는 새는 멀리서 지저귀네.
북극은 둔지요 남쪽은 부유한 골짜기니,
천 년 전에 화식하고 얼마나 둥지를 너스레하게 하였나.

又

野藕分區會似林, 人間自有太平心.
龍村餉語來春岸, 虎堡耘歌落缶岑.
萬頃浮濃連欲合, 千疇渾碧辨難尋.
苗成大補蒼生命, 利藥何論不老葠.

구역 나누어 핀 들의 연꽃이 마치 숲 같아,
인간은 스스로의 태평한 마음을 가지고 있구나.
용촌의 들밥이 동녘 언덕에서 오니 기쁘구나.
호보의 김매는 노래는 장군 산에서 떨어지네.
넓은 지면에는 짙은 안개가 떠다니며 서로 합치려 하고,
넓은 이랑은 온통 푸르러 구분해 찾기 어렵구나.
싹이 나서 크게 창생의 생명 도우니,
불로삼이 유익한 약이라고 어제 말하지 않았는가.

又

仰天開口號松風, 帝座依然咫尺同.
眼界虛明橫晚柳, 胸衿洒落接晴桐.
他時白踵[5]知何處, 是日流頭[6]適此中.
百步恒尋陰麓在, 極炎身數[7]晚來通.

하늘을 우러러보며 입 열어 솔바람에 부르짖으니,
제왕의 자리 그대로 아주 가까운 거리 같구나.
바라볼 수 있는 세계는 허무하고 밝아 늦은 버들에 비꼈고,
가슴은 쇄락해 맑은 오동을 접하였네.
다른 때에 백중은 어느 곳에서 알며,
이 날은 유두라 이 가운데 맞이하는구나.
백보 안에 항상 그늘진 곳 있어 찾으니,
심한 더위 신수는 늘그막에 통하네.

■
5. 白踵-百中, 百衆. 百種. 칠월 보름. 中元.
6. 流頭-유월 보름.
7. 身數-그 사람이 지닌 운수.

風木顚
－바람에 나무가 자빠지다

昨夜狂風大木顚, 更誰扶植厥心單.
殷觀卑糵定其策, 周感偃禾知所緣.
五百年來常芘覆, 三千里內永盤纏.
邦人庶用扶回力, 少止哀呼强飮饘.

어제 밤 광풍에 큰 나무 자빠지니,
다시 누가 붙들어 세워 그 마음 크게 할까.
은나라는 싹 나는 것 보고[1] 그 계책 정하였고,
주나라는 쓰러진 벼에 느껴 인연된 바를 알았구나.
오백년 내려와서 항상 풀 덮었고,
삼천리 안에 길이 서로 얽혔네.
나라사람 거의 붙들어 돌아올 힘쓰니,
조금 슬퍼 우는 것 그치고 억지로 범벅[2] 마시네.

■
1 古商書－ 若顚木之有皁 天其永我命于玆新邑 紹復先王之大業 底綏四方(盤
   庚上 참조)
2. 진한 죽.

歎焚書 抽葉時
-책을 불 태운 것을 탄식하며

秦皇何事盡焚書, 三諫可憐長子扶.
火焰魂飛千聖怒, 烟光語咽百家呼.

진시황은 무슨 일로 다 책을 불살랐나,
세 번씩이나 간한 장자 부소가 가련하구나.
화염에 혼이 날고 천성은 성내고,
연기 빛에 목 메여 백가는 부르짖었네.

況何儒者爲端異, 斯亦文人所見區.
若使漢文無此世, 醫生卜士只爭趍.

하물며 어찌 선비 된 자가 이단을 하리요,
이 또한 문인이 구구히 보는 바라.
만약 한문이 이 세상에 없었다면,
다만 의원과 점술사를 다투어 쫓았으랴.

惡見緇泥染白沙, 堪嗤薄酒勝香茶.
夜玖爭媚燈前玉, 朝菌偏欺院上花.
水自存源恒不捨, 山能有力少無斜.
人生質薄文¹何用, 萬古彬彬²孔氏家.

■
1. 文質-글을 꾸미는 형식과 내용이 되는 바탕 곧 겉으로 드러난 꾸밈과
   속 바탕.
2. 彬彬-글의 수식과 내용이 서로 알맞게 갖추어져 있는 모양.

검은 진흙이 흰 모래를 부끄럽게 물들이는 것 보니,
박주를 조소하지만 향기로운 차보다 낫네.
야광주(夜光珠)는 등불 앞의 옥같이 아름답고,
아침 버섯은 집 위의 꽃처럼 두루 속이네.
물은 근원이 있어 항상 그치지 않고,
산은 능히 힘이 있어 조금도 기울어짐 없구나.
인간의 품성이 얄팍하면 글은 무슨 소용이 있으랴,
만고에 빛나고 빛나는 공씨의 집이네.

徒費歲月
-한갓 세월만 허비하다

曾年浪度看書燈, 面目可憎羞對朋.
馬袋[1]加餐[2]兼水漲, 崔碑[3]沒字掩烟凝.
閱新尤眩竦眉眼, 談古每驚空殼膺.
不識太陽如火出, 學湖[4]經夜鏤寒氷.

일찍이 글 읽으려고 켜놓은 등불 앞에서 부질없이 보내니,
밉살스러운 모습으로 부끄럽게 벗을 대하네.
마대는 밥에 물을 더해 불렸고,
최비에서 글자 빠지니 연기에 가려 엉겼구나.
새로운 것 여니 더욱 눈이 어찔하고,
옛것 이야기하면 매양 빈 껍질이구나.
태양이 불 나오는 것 같음을 모르니,
호당에서 배우느라 밤 지내며 찬 얼음에 새기네.

■
1. 馬袋- 布袋和尙
2. 加餐-식사를 많이 하여 몸을 보양 함. 헤어질 때 인사 말.
3. 崔碑-五代 崔協, 安叔于등이 허우대는 당당하나 글을 모름.
   겉모양은 훌륭하나 가치가 없음. 무식한 사람.
4. 學湖-湖堂(독서당). 이곳에서 공부하던 사람.

六月晦日
-유월 그믐

物態爲誰粧點[1]佳, 夏秋交謝適添懷.
是日靑烟烹葵里, 明朝白露唱蒹街.
纔揮晩暑今相送, 恰受新凉更共偕.
江扉誰奠鱸蓴膾, 愧在他鄕致忘齋.

사물의 모습은 누구 위해 단장해 아름답다 하나,
여름가을 바뀜에 회포 더해지는구나.
이날 푸른 연기는 아욱 삶는 마을이요,
내일 흰 이슬은 갈대 부르는 거리로다.
겨우 늦더위를 저어 이제 보내니,
마치 새 서늘함을 받아 다시 함께 하네.
강가 사립문에는 누가 농어회 올리나,
부끄럽게 타향에 있어 집을 잃게 되었구나.

■
1. 粧點-장식함. 군데군데 단장함.

秋懷 同鄭寅弼 丁兌秀兄弟吟 二首
-가을의 회포를 정인필, 정태수 형제와 같이 읊다

渡海新凉上鬢毛, 偏將楚些唱爭高.
水路孤帆今見鴈, 田家小缶曩炰羔.
使臣何處泣孤節, 征女此時愁剪刀.
玉關誰抱班侯志, 無計書窓縮首勞.

바다 건너온 새로운 서늘함이 머리털에 오르는데,
초사(楚辭)를 가지고 화답함이 높구나.
물길에 외로운 돛배에서 이제 기러기 보고,
지난번 농가의 작은 동이에 염소 구웠네.
사신은 어느 곳에서 고고한 절개에 울었나,
길 가는 여자는 이때 재단하는 칼에 시름하네.
옥관에 누가 제후의 뜻 안을까.
계획 없는 글방에서 머리 움츠리니 고단하구나.

又
一天秋氣轉池塘, 楊柳蕭條弄晩芳.
織女臨河愁別路, 征人出塞泣殊方.
江中菡萏淸搖影, 井上梧桐淡浴光.
節物凄凉深獨感, 國家誰宴採薇章[1].

■
1. 採薇章-伯夷 叔齊를 노래한 詩. 수자리 사는 병사의 노고를 읊은 詩.-
   詩 小雅 鹿鳴之什.

하늘의 가을기운을 연못에 옮기니,
버들은 쓸쓸히 늦은 향기 희롱하네.
직녀는 은하수에 다다라 이별 길 근심하고,
출정하는 사람은 변방에 나가 다른 곳에서 우는구나.
강 가운데 연꽃은 맑게 그림자 흔들고,
우물 위 오동은 맑게 햇빛에 목욕하네.
철따라 나는 물건은 처량해 깊이 홀로 느끼는데,
국가는 누가 채미장을 편히 여기나.

又
山窓日影數竿高, 懶不衣冠坐正寥.
野稻生花風力細, 園苽綻葉露痕消.
長夏卷藏君實[2]局, 既望[3]留待子瞻簫.
汾水秋聲將欲起, 有誰賡答白雲謠[4].

산속 집 창문에 해 그림자 몇 간이나 높은데,
의관도 않고 게으르게 앉았으니 정말 고요하네.
들의 벼는 꽃 피어 바람은 가늘게 불고,
동산의 외는 잎을 피어 이슬 흔적 사라졌구나.
긴 여름 사마 군실은 바둑 걷어 감추고,
기망에 소자첨의 피리를 머물러 기다리네.
汾陽[5]에 가을이 오려 하는데,
누가 흰 구름 노래를 이어 답하나.

■
2. 君實-司馬光의 號. 獨樂園記. 子瞻-蘇軾의 字. 赤壁賦 참조.
3. 旣望-음력 16日.
4. 白雲謠-仙鄕의 노래.
5. 地名.

絶句 敬齋相和 附敬齋
-절구 경재와 서로 화답하고 경재에게 붙이다

道脈生來本自東, 東方亦不死餘風.
在玆因感莊壇遇, 杏樹看含一度紅.

도의 맥이 이어온 것은 본래 동방으로부터인데,
동방의 남은 풍속 또한 죽지 않았구나.
이곳에서 감회를 인해 장단에서 만나니,
살구나무 보니 붉은 빛을 머금었네.

書室巍然角峀東, 松篁蘭菊自春風.
幸逢高士多酬唱[1], 長夜乾坤一燭紅.

산 동쪽 모서리에 서실이 우뚝 높아,
소나무, 대, 난초, 국화는 절로 봄바람이네.
다행히 고토를 만나 시창 화답이 많으니,
긴 밤하늘과 땅에 촛불 하나가 붉구나.

又

軟翠輕紅亂入籬, 使人徒惱目精時.
高松一樹過墻立, 戒誦遲遲范老[2]詩.

■
1. 酬唱-詩文을 지어 서로 贈答함.
2. 范老-范成大. 南宋 詩人.

연하게 푸르고 옅게 붉은 화초가 어지러이 울타리 들어오니,
사람이 한갓 고뇌케 됨은 눈이 밝을 때이라.
높은 소나무 한 그루가 담장 넘어 서 있어,
몹시 느리게 범노의 시를 계송하네.

五言絶句

寄龍山鄭友寅弼
-용산 정인필에게 붙이다

路隔一龍瀨, 暮朝爲渡頻.
東萊[1]臨晚學[2], 段木[3]在初貧.
斷簡三旬廢, 嘉禾幾畝新.
文能遺百世, 穀但計三辰.

비범한 한 사람이 길을 사이에 두고 가까이 있으니,
아침저녁 자주 건너게 되는구나.
동래에게는 후학이 다다르고,
단간목은 처음 가난에 처하였네.
끊어진 편지는 한 달 사이 그만두었고,
아름다운 벼는 몇 이랑 새롭구나.
글은 능히 백세에 남기나,
곡식은 다만 삼일을 계획하였네.

■
1. 東萊-友 鄭寅弼
2. 晚學-後學.
3. 段木-段干木. 戰國時代 魏人. 젊어 가난하고 비천했는데, 子夏를 師事하
   여 節操를 높여 벼슬하지 않았음.

渡頭吟
−나루터에서 읊다

世路抵危灘　人爭走涉頻
如非須欲仕　必是不堪貧
古埃暮雲合　何江春水新
佷佷[1]無適所　倚棹立玆辰

세상 살아가는 길은 위태로운데,
사람은 다투어 걸으며 자주 건너네.
만약 모름지기 벼슬 하고자 아니하면,
반드시 가난을 견디지 못하리라
옛터에는 저문 구름 모이고,
어느 강에 봄물이 새롭나
길 잃어 갈 곳 없으니,
상앗대에 기대어 이 날에 서 있노라.

1. 佷佷-길 잃은 모양.

嘉五山伏日 與丁兌秀 心孚同浴于蛤灘
-가오산 삼복일에 정태수와 더불어 합탄에서 같이 목욕하다

余蟄此山谷, 況値庚炎伏.
暑靄亂蟲蟲[1], 薰雲重郁郁.
汗流長濕肌, 食滯久弸腹.
窺波思越鳶, 喘野憐吳犢.

내가 이 산골짜기에 칩거하며 삼복더위 만났네.
더운 아지랑이 어지럽게 김 오르고,
더운 구름은 거듭 문채 나네.
땀이 흘러 항상 살이 젖고,
먹은 것 체해 오래도록 배를 팽팽케 하는구나.
물결을 엿보는 월나라 매를 생각하고,
들에서 헐떡이는 오나라 송아지 가련하도다.

發狂欲大呼, 憫我其爲孰.
隨與心孚去, 長川盈萬斛.
浴身玆日新, 濯髮豈膏沐.
滌盡漆緇塵, 歸蒙砧白木.

■
1. 蟲蟲-몹시 더운 모양. 김 오름. 郁郁-성한 모양. 무늬가 찬란한 모양.

미쳐서 크게 부르짖고 싶고,
나를 민망히 여기는 것 그 누구인가?
마음 따라 믿고 가니,
아주 많은 분량이 항상 충만하네.
몸을 씻으니 이날 새롭고,
머리 씻으니 어찌 기름에 머리 감으리오.
물들었던 검은 때 다 씻고,
돌아와 무명을 다듬이질 하네.

白木
―무명

練巾先自縫, 澣襪幾經曝.
朶頤嘗美羹, 靦面飲甘麴.
外物[1]皆要好, 是心胡不淑.
何曾今異代, 幸免四裔[2]逐.

비단두건 먼저 깁고,
씻은 버선 몇 번이나 말렸나.
턱 까불며 맛있는 국 맛보고,
얼굴 보고 단 누룩 마시네.
외물은 다 좋아하는데,
이 마음 어찌 맑지 않나.
어찌 일찍이 지금이 다른 시대라,
다행히 나라의 변방으로 쫓겨남을 면하였구나.

■
1. 外物―자기 이외의 물건. 物慾, 富貴, 名利 따위.
2. 四裔―나라의 사방 끝. 四荒.

雲庵姜先生 几筵[1]下 駬秀
-운암 강일수 선생 궤연 아래

箕東毋嶽高, 降此雲翁莅.
淡泊受貞姿, 宏深持遠志.
及家能有齊, 於國可爲治.
急困盡謀忠, 瞩窮深嘉施.

오리 동쪽에는 높은 산이 없으나,
이 운암옹이 자리 하였네.
담박하여 곧은 자태 받았고,
넓고 깊게 원대한 뜻 가졌었구나.
집에는 능히 가지런히 함이 있으며,
나라에는 가히 다스리게 할 만하네.
급하고 곤궁함에 다 충성을 꾀하였고,
궁한 이 구휼함에 깊이 아름다움 베풀었네.

淵源[2]好相從, 諮諏每輒至.
滋筆採鄕綱, 立言[3]修邑誌.
洞講朱訓垂, 鄕約呂規備.
設稷將菜禮, 發論修殿位.

■
1. 几筵-죽은 이의 魂魄이나 神主를 모셔 두는 곳.
2. 淵源-사물의 根源. 本源.
3. 立言-후세에 모범이 될 만한 의견을 세움. 의견을 세상에 발표함.

연원은 좋게 서로 따르고,
자문하러 매양 문득 왔었네.
붓 적셔 고을의 기강을 채택하고,
말을 세워 읍의 뜻 수정하였구나.
마을 강론에 주자 훈계 드리우고,
향약에 여씨 규약 갖추었네.
계를 하여 채례를 가지니,
의논을 발하여 전위[4]를 닦았네.

鄕事坐而論, 靈光賴以巋.
函席哭欀木, 國墟歌麥穗.
嘉遯雲堤右, 構庵身自秘.
所食甘供薇, 惟衣新製芰.

고을 일은 앉아서 논하니,
영광[5]에 힘입어 홀로 우뚝하였네.
선생자리에 대들보 울고,
나라 땅은 맥수가[6] 노래하네.
아름다운 구름 둑 오른쪽으로 은둔하여,
암자 지어 자신 스스로 숨겼었네.
먹는 바는 달게 고사리 이바지요,
오직 입는 것은 새로 만든 마름 풀옷이었구나.

學守文良業, 忠懷睡隱義.
移墟復古祠, 建閣竣先事.
昨日拜軒屛, 今朝哭窀隴.
高標追月思, 峻節憑風記.

학문으로 좋은 업을 지켰으며,
충성으로 숨긴 의리를 품었었네.
터를 옮겨 옛 사당 회복시키고,
집을 지어 선대의 일 준공하였네.
어제 헌함[7] 병풍에 절하였더니,
오늘 아침 무덤에서 우는구나.
높은 품격은 달 따라 생각나고,
높은 절개는 바람에 비겨 기억나는구나.

嗟乎霖雨用, 恨無滂沛[8]試.
再傳克承休, 終必自天賜.

■
4. 孔廟를 말함.
5. 靈光-恩惠로운 빛. 임금의 恩德. 地名.
6. 麥穗之歌-殷의 忠臣 箕子가 殷의 古都를 지나며 지었다는 詩. 故國의
   滅亡을 歎息하는 것.
7. 軒檻-건넌방, 누각 따위의 대청 기둥 밖으로 돌아가며 간 난간이 있는
   좁은 마루.
8. 滂沛-소나기가 내리는 모양.

슬프구나 장마 비 사용하여,
한스러움을 소나기같이 쏟아지게 시험 할 수 없으니,
다시 전해 능히 아름다움 이어가면,
마침내 반드시 하늘이 복 주실 것이네

遊樊柳先生几筵下
-유번 유선생 궤연 아래에

仁山聳鎭南, 其下翕遊息.
蚤歲業書經, 伊來善翰墨.
文章餘事能, 理義盡心得.
集辭進後人, 遺策擬時國.

인산은 진남에 솟았으니,
그 아래에서 유식[1]함이 마땅하네.
이른 나이에 서경을 일삼더니,
그 뒤에 한묵을 잘 하였네.
여가에 문장 씀에 능하고,
의리는 마음을 다해 얻었구나.
사장을 모아 후진들을 나아가게 하고,
방책을 남겨 시국을 의논하였네.

重創[2]大黌舍[3], 自當東脩[4]力.
延師無遠近, 招接自南北.
兩弟難季方[5], 群從成材識.
遣孫長老下, 侍子淵翁側.

■
1. 遊息-마음 편히 靜養함.
2. 重創-重刱. 낡은 건물을 고쳐서 다시 새롭게 이룩함.
3. 黌舍-黌堂. 글방. 학교. 공부하는 집.
4. 束脩-제자가 될 때 스승에게 보내는 禮物. 포개어 묶음 脯.
5. 季方-사내동생. 사내아우. 難兄難弟-누가 형인지 동생인지 분간키 어려
   움. 世說新語

큰 학교를 중창함에,
스스로 속수의 힘을 감당하였네.
스승을 맞이함에 원근이 없었음이요,
초대해 대접함에 남북으로부터였네.
두 아우는 계방하기 어렵고,
여러 따르는 이 재목을 만들었네.
손자는 장로의 아래에 보냈고,
아들은 연옹을 곁에서 모시었네.

影廟苾芬孝, 旌閭經始亟.
壓淸堂逭追, 枕流亭增飾.
三處閣初成, 各阡石皆勒.
是世德揄揚[6], 宜士林矜式[7].

영정 모신 사당에 향기 드리는 효자로,
정려[8]에 경영이 빨랐구나.
압청당을 추종하고,
침류정은 더하여 꾸몄었네.
세 곳에 누각 처음 지어,
각 묘도에 비석 다 새겼네.
이 세상에서 공덕 칭찬하였으니,
마땅히 사림의 긍식이 되었구나.

惟孝施于政, 亦難時事默.
面規使指揮, 鄕約親組織.
校常推士論, 官每詢民盡.
賢乎世莫儔, 壽獨天何嗇.

오직 효도를 정치에 베풀면,
또한 시사에 묵묵하기 어려운 것이리라.
면의 규약을 지휘하고,
향약은 몸소 조직하였네.
학교에서는 항상 선비 추천을 논하고,
관청에서는 매양 백성 물음에 다 하였네.
어질도다! 세상에 짝할 수 없었으니,
하늘이 어찌 유독 수명에만 인색하였나?

拜軒再昨秋, 猶帶好顔色.
聲語動剛明, 體容坐竦直.
桑梓[9]自成行, 槐梧親手植.
今來日月何, 生谷沈雲黑.

■
6. 揄揚-끌어 올림. 칭찬하여 치켜세움.
7. 矜式-공경하여 표본으로 삼음.
8. 旌閭- 충신, 효자, 열녀 등을 그 동네에 정문(旌門)을 세워 표창했다.
9. 桑梓-집 주위에 심어 後孫들에게 祖上을 생각하게 함. 故鄕.

헌함에서 뵈온 지 지지난 가을인데,
오히려 안색이 좋아지셨네.
말씀하실 때 굳고 밝았으며,
체용은 앉아 공경스럽고 곧았었네.
뽕나무 가래나무 자연스레 행렬 이루었고,
느티나무 오동은 몸소 심은 것이네.
이제 세월은 어떠하냐.
낯선 골짜기에 구름 검게 잠기었구나.

其在彌甥義, 卽當奔匍匐.
有疾末由行, 徒爲增哽塞.

그 생질 의리 있어,
곧장 달려와 엎드리며,
병으로 마지막에 가니,
한갓 목 메임만 더하는구나.

丙寅春　自法聖浦往蝟島面與嶺村丁達秀有時
口號 以自相和相遣 -蝟島船上口號
-병인년 봄에 법성포로부터 위도면에 가서 영촌 정달수와
더불어 구호하여 서로 화답하고 서로 보내다 -위도 배 위에서
구호하다

法浦斜陽上汽船, 烟波去路杳無前.
中流挾冊東風立, 蝟島依雲出海天.

해질녘 법포에서 기선에 오르니,
연기물결 가는 길이 아득해 앞이 보이지 않는구나.
강 중류쯤에 책 끼고 봄바람에 섰으니,
위도는 구름에 의지해 바다 하늘에서 나오는구나.

誦示蝟島人民
-외워 위도 사람에게 보이다

慕聖禊事入此島, 欲將吾道共來年.
化被雖云無內外, 尊崇自是異中邊[1].
孰使新工爲急務, 全收舊識付深眠.
我明孔肺試秦舌, 秦舌亦猶無奈燕.

성인을 사모한 계의 일로 이 섬에 들어오니,
유교의 도를 내년에도 함께하려 하네.
본받고 베푸는데 비록 내외가 없다하고,
존경하고 숭배함이 자기만 옳다 하여 중간과 변두리와 다르구나.
누가 새롭게 공사를 시키며 급하다고 했나.
옛날 알던 것 전부 거두어 오래 쉬네.
나는 공씨 가슴 밝히고 蘇秦의 혀 시험하니,
蘇秦의 혀 또한 오히려 연나라도 어쩔 수 없었네.

■
1. 中邊-中道와 그에 맞서는 有와 無의 두 변.

鎮里有感
−진리에 느낌이 있어

三月下船鎮里浦, 前朝往蹟幾經年.
監司巡道仁宣外, 僉使居堂善補邊.
兩峽抽靑朝蝟伏, 長灣點白午鷗眠.
水軍三百今安在, 誓見齊南復立燕.

삼월에 진리 포구에 가서 배에서 내리니,
전대의 왕조 지난 자취 몇 해나 지났나.
감사는 도를 순시하며 어짐을 밖으로 폈고,
첨사는 집에 살며 이웃을 잘 보살피었네.
푸르름을 뽑아낸 듯한 아침 고슴도치는 두 골짜기에 엎드렸고,
긴 물굽이 흰색 점 찍힌 오후 갈매기도 조는구나.
수군 삼백은 이제 어디 있느냐?
맹서컨대 제나라 남쪽 보고 다시 연나라에 서 있으리라.

雉島波市
-치도의 바다시장

蝟島東邊雉島華, 長灘白鋪岸頭沙.
靑樓百隊因風起, 畵舶千帆弄日斜.
朝飮東西洋美酒, 夜尋茁木浦名花.
誰能好德如貪色, 杏樹壇邊訪古家.

위도 동쪽 치도는 화려해,
긴 여울 희게 펼쳐진 모래언덕이로다.
청루의 온갖 무리들 바람 때문에 일어나고,
화려한 배 천개 돛대는 해 희롱하며 기울어져 있네.
아침에 동서양 미주를 마시고,
밤에는 줄목포의 명화를 찾네.
누가 덕을 좋아함을 여자를 탐함과 같다고 하나,
살구나무 제단가의 옛집을 찾아가리라.

自雉島往大猪項村
-치도로부터 대저항촌에 가서

曲曲湖眉步步危, 如無爾石路難爲.
漁村更覓桃花界, 三月東風別有枝.

굽이굽이 호수 눈썹 걸음걸음 위태로운데,
돌이 없어도 길이 어렵다 하네.
어촌에서 다시 도화의 세계 찾으니,
삼월 봄바람에 특별히 핀 가지가 있구나.

大項村次白劉朴三人韻 白允燦, 劉和叔, 朴恭鎭
－대항촌의 백, 류, 박 세 사람이 운을 차운하며

大項尋村洞別成, 萬金山屹立分明.
櫂歌閒送兩聲至, 波勢遠連千頃平.
九老吟詩知主姓, 三人結誼有誰名.
天涯俱是如淪落[1], 落日相看眼共靑.

대항 마을에서 별장 찾으니,
만금산은 확실하게 우뚝 서 있구나.
뱃노래소리 한가히 보내니 두 가지 소리 오고,
파도형세는 멀리 이어져 천경이 평평하네.
아홉 늙은이 시 읊으니 주인의 성 알겠고,
세 사람 의리 맺으니 누구 이름 있나.
하늘 끝에서 같이 영락한 것 같으니,
지는 해에 서로 보니 눈이 함께 푸르구나.

■
1. 淪落-가라앉음. 零落함. 타락함.

再度
-다시 건너다

萬金山下大村開, 此地那知爲客求.
兩岸桃花因倚杖, 數聲漁笛且携盃.
瓊樓愧我留吟社, 錦浪憐君老釣坮.
共惜江關春欲暮, 消長幾許此中催.

만금산 아래 큰 마을 열리니,
이 땅이 어찌 손을 위해 구함을 알리요.
양쪽 기슭에 피어난 복숭아꽃 때문에 지팡이 의지하고,
고기잡이 피리에서 나는 여러 소리에 또한 술잔을 가졌네.
구슬 누각은 내가 읊는 모임에 머물러 부끄럽고
그대 낚시터에서 늙음을 비단 물결이 가련히 여기네.
강 입구에서 봄이 저무는 것을 함께 슬퍼하니,
해와 달이 사라지고 길어짐을 이 가운데서 얼마나 재촉하였나.

食島後見摘鰒女
-식도 뒤편에서 전복 따는 여자를 보고

首巾眼鏡裸携刀, 瓠網索囊潛處浮.
食頃手持蔘鰒出, 半身誇立海中流.

수건, 안경, 나신으로 칼 가지고,
표주박 그물, 새끼 망태로 잠수할 곳에 떠있네.
한식경 지나자 손에 해삼 전복 가져 나와,
반신으로 바다 가운데서 자랑하고 섰네.

濟州潛水女子
-제주도 해녀

滿嫁新兒陌上紅, 自彈長鼓與誰同.
吾之不遇今如爾, 遙見夕船西復東.

나이 차서 시집갈 새 아이는 언덕의 꽃 같은데,
스스로 장고 타는 것 누구와 더불어 같이 할까.
나의 불우함이 이제 너 같으니,
멀리 저녁 배 서쪽에서 동쪽으로 가는 것 보네.

自雉島 還法浦
-치도로부터 법포에 돌아오다

雉島回來發動船, 湖山如畵眼之前,
向東遙唱枠于海, 道不行兮亦怨天,

치도에 발동선으로 돌아오니,
호수와 산이 그림 같아 눈앞에 보이는구나.
동쪽을 향해 멀리 바다에 뗏목 부르니,
길을 갈 수 없음에 또한 하늘을 원망하네.

蝟島聞哀 純宗皇帝
-위도에서 순종황제의 슬픔을 듣고

鳳首山前望月峰, 一杯遙哭大韓宮.
年來寃恨天應識, 幾訴銀河昨夜風.

봉수산 앞 망월봉에서,
한 잔으로 멀리 대한궁전 바라보고 우네.
해마다의 원한은 하늘이 응당 알리니,
어젯밤 바람에 은하수 보고 몇 번이나 하소하였나.

謹次 姜湖山元叔氏 晬宴韻
-삼가 강호산 원숙 씨의 회갑연 운을 차운하다

臘天初霽晬暉明, 俱有熏琴共樂情.
旨酒香濃添菊水, 大盤花揷繡春城.

섣달 날씨 처음 개여 생일에 해 밝은데,
함께 질 나팔 거문고 있어 같이 즐거워하네.
맛난 술 향기 짙어 국수(菊水) 더하니,
큰 쟁반에 꽃 꽂아 봄 성에 수놓았네.

十二月 初九日
-십이월 초아흐레

四男獻壽鶴雲起, 三姪進圖湖月生.
同在晬班相以祝, 竹山屹立少無傾.

네 아이 술잔 올리니 학 구름이 일어나고,
세 조카 그림 가져오니 호수에 달이 뜨네.
생일이 같아 서로 축하하니,
죽산은 우뚝 서서 조금도 기울어짐 없구나.

謹次 金南齋敬愚原韻 都正[1]
-삼가 김남재 경우 씨의 원운을 차운하다

剩創小齋扁以南, 隱居求志少人諳.
心存栗里晚成逕, 業繼濯纓[2]淸築潭.
侍墓終哀文有讚, 寧邦盡職史傳談.
卷中聞有松翁語, 早許其憂也獨堪.

덧붙여 지은 작은 재실 남쪽에 편액하여,
은거하며 뜻 구하니 아는 사람 적구나.
마음은 율리[3]에 있어 좁은 길을 늦게 이루었고,
학업은 탁영 선생을 이어 맑게 못을 쌓았네.
시묘를 마치고 나니 글에는 기림이 있고,
나라를 평안히 해 역사에 말이 전해졌네.
책속에 송 옹의 말씀 있으니,
일찍이 그 근심 들었건만 또한 홀로 견디었구나.

■
1. 都正-宗親府, 敦寧府, 訓鍊院의 正三品 벼슬.
2. 濯纓-김일손 선생(金馹孫 先生).
3. 마음은 고향 전원에 있었으나 늦게 전원으로 돌아오게 됨.
   陶淵明의 「歸去來辭」에
   乃瞻衡宇하니 載欣載奔이라
   僮僕歡迎하고 稚子候門이라
   三逕就荒이나 松菊猶存이라
   隱者가 사는 곳을 말함.

潁陽齋 尹先生 几筵下
-영양재 윤선생 궤연 아래

先生孝且義, 林下抱經濟.
愚谷隱憂追, 東湖遺業繼.
定省¹老尤勤, 居喪²深盡制.
弟矣式相好, 詩乎嘗勉勵.

선생은 효도하고 또한 의로와,
숲 아래서 살게 되었네.
우곡에 근심 숨겨 쫓았으며,
동호에 업을 남겨 이었었구나,
혼정신성(昏定晨省) 늙어도 더욱 부지런 하였고,
상(喪)을 살며 깊이 예제(禮制)³를 다 하였네.
아우라 곧 서로 좋아하였고,
일찍이 시에 힘쓰셨네.

飢寒置義庄, 窮乏施仁惠.
校宮持聖論, 官室答民計.
筮仕固爲辭, 尋師躬早詣.
勉庵⁴傳斯文⁵, 松翁⁶托宿契⁷.

■
1. 定省-昏定晨省.
2. 居喪-부모상을 당하다.
3. 예제-상례에 관한 제도.
4. 勉庵先生-崔益鉉 先生.
5. 斯文- 儒學者. 學者. 이 학문. 儒敎의 학문.
6. 松翁-徐志修 先生.
7. 宿契-전부터의 약속.

배고프고 추워도 의로운 장원 두었고,
궁핍에도 어진 은혜 베풀었네.
학교에서는 성인의(논어) 의논 가졌고,
관청에서는 백성의 계획에 답하였다오.
벼슬길 점치는 것 굳이 사양하였으며,
스승 찾아 몸소 일찍 나아갔었네.
면암 선생이 사문에 전하였으며,
송옹이 숙계를 밀었네.

孤邦見阮侵, 義旅誓戎殲.
將期魏尙[8]時, 又哭陳恒[9]世.
請討已無人, 歸來徒泣涕.
一念漸蹉跎[10], 十年堪忧愒[11].

외로운 나라 원나라 침입을 보았으며,
의로운 군사들은 오랑캐 죽일 것 맹세하였었네.
장차 위상의 때를 기약하고,
또한 진항의 세상에 울었네.
청하고 구해도 이미 사람 없고,
돌아와 한갓 울어 눈물 흘렸구나.
한 가지 생각에 점점 빠져들어,
십년 동안 세월만 허송하였구나.

高宗昇日廻, 陪輦晏朝逝.
人無呼右祖, 誰復覺來裔.
瞻望花樹陽, 痛哭恨無際.
更有胤咸賢, 家聲應勿替.

고종임금 승하하신 날 돌아오니,
모신 수레는 편안하게 아침에 가셨네.
사람은 애도하며 부르짖음 없으니,
누가 다시 후예를 깨닫게 하리요.
꽃나무 볕을 바라보고,
통곡해도 한이 없구나.
모두 어진 영윤[12]이 있으니,
집안 명성 응당 바뀌지 않으리.

---

8. 魏尙-前漢時 將軍.
9. 陳恒-春秋時代 齊나라사람, 陳成子 또는 田成子라 함.
10. 蹉跎-발을 헛디디어 넘어짐. 시기를 잃음. 기대가 어긋남.
11. 忨愒(완개)-忨歲而愒日. 일없이 세월을 虛送함. 苟生. 偸生.
12. 令胤-남의 아들의 尊稱.

棗山九溪族叔 壽筵口號 二月二十二日
‐조산 구계 족숙의 수연에 구호하다

今日再回初度時, 少悲皇覽老先歸.
三㽵合院歡佳節, 一斝升堂報晚暉.
湖上逢迎多壽杖, 案前舞嬉盡斑衣.
我來爲獻枸溪飮, 願享遐齡補式微.

오늘이 다시 돌아와 처음 지날 때,
젊어서는 처음 봄이 슬펐으나 늙어서 먼저 돌아왔구나.
세 형제 집에 모여 아름다운 계절 기뻐하고,
한 잔으로 마루에 올라 늦은 햇빛 답하네.
호수 위에서 만나니 수장이 많고,
잔치 상 앞에서 춤추어 때때옷 다 하였네.
내 와서 구계에서 술잔 올리며 마시니,
원컨대 긴 수명 누리시어 식미[1]를 도우소서.

不能低昂世人情, 歸抱遺經訓後生.
問禮曾踰蘆嶺遠, 看書再涉棗湖淸.
薰陶[2]漸久雨如化, 淵默[3]旣多雷有聲.
忍字標題知有受, 小山齋在副嘉名.

■
1. 式微‐왕실의 기운이 쇠퇴하여 미약함. 쇠미함.
2. 薰陶‐德을 베풀어 사람들을 敎化, 訓育하는 것.
3. 淵默‐尸居而龍見 淵默而雷聲.

낮게 우러러 보지 못함이 세상사람 정인데,
돌아와 경서를 안고 후생을 가르쳤네.
예를 물으려 일찍이 노령(蘆嶺)의 먼 곳을 넘었으며,
책을 보고 다시 조호(棗湖)의 맑은 곳을 건넜었네.
훈도함이 점점 오래되어 비같이 감화 되었고,
연묵함이 이미 많아 우레 같은 소리 있었구나.
참을 인자 써서 알고 받음이 있었으니,
소산재는 아름다운 이름이 알맞구나.

謹次漁浪里 金艮菴
−삼가 어랑리 김간암의 운을 차운하다

浪頭支石小菴成, 別有人間久隱名.
齊澤烟深垂晩釣, 武夷春暮聽歌聲.
山前去鷺纖拖影, 水底游魚款得情.
門外休敎宗慤至, 長風不是使人榮.

어랑리 머릿돌을 지탱해 작은 암자 지으니,
특별한 사람 있어 오랫동안 이름 숨겼네.
제택에 연기 깊어 늦도록 낚시 드리우고,
무이에 봄이 저물어 노래 소리 듣는구나.
산 앞 날아가는 백로는 가늘게 그림자 끌며,
물밑에 노는 고기 정성스레 정을 얻었네.
문밖에 종각[1]이 이르게 하지 말라,
긴 바람은 사람으로 하여금 영화롭게 하는 것이 아닐세.

━
1. 宗慤−南宋의 武人.

刱諷詠樓于南竹里 丁炳瑄家
-풍영류를 남죽리에 창건하다

魯東餘事又吾東, 會以曾賢古意同.
北秀松亭初把酒, 南開竹逕再談風.
法湖日暖洪波綠, 甲岳霜深老葉紅.
有此春秋煙景好, 願將遊稧樂窮無.

노나라 동쪽 남은 일은 또 우리나라니,
마치 증자의 어짐으로 옛 뜻이 같구나.
북쪽은 송정이 빼어나 처음 술잔 잡았고,
남쪽은 대 숲길 열어 다시 풍류 이야기했네.
법호에 날이 따뜻해 넓은 물결은 푸르고,
갑악에 서리 깊어 늙은 잎은 붉구나.
이곳은 봄가을 아름다운 경치 좋으니,
원컨대 유계를 가져 즐거움이 끝이 없었으면.

重到冷泉
-거듭 냉천에 와서

南來布褐再登樓, 不改叢筠立水頭.
深樹弄絲寒雨細, 遠山拖畵夕霞流.
詩書舊學差千里, 笻屐前行度十秋.
爲謝君家吟詠苦, 靑蓮去後月初浮.

남쪽으로 온 포갈이 다시 누각에 오르니,
떨기 대나무 변함없이 물가에 서 있구나.
깊은 나무는 실을 희롱하며 찬비는 가늘고,
먼 산은 그림을 이끌어 저녁안개 흐르네.
시서는 옛 학문이라 천리에 차이 나고,
선배들이 먼저 간 지 십년이 지났구나.
그대 집에 사례하여 읊음이 괴로운데,
푸른 연 지고 난 뒤 달이 처음 뜨구나.

愧吾身價對雙南, 海上聞多義氣男.
乘輿還羞吟雪月[1], 離騷[2]誰惜在江潭.
東籬採菊寒歸夢, 西舍春梁亂打談.
雀襪疏才難補國, 却來巖谷築書菴.

■
1. 雪月-눈과 달. 눈 위에 내리 비치는 달.
2. 離騷-戰國時代 楚의 屈原이 지은 장편 敍情詩.

부끄럽구나. 내 몸값이 雙南을 대함이,
해상에는 의로운 사내 많다고 들었음이라.
흥을 타고 도리어 설월을 읊는 것이 부끄럽고,
〈이소〉는 누가 강담에 있는 것을 슬퍼하랴.
동쪽 울타리에서 국화 따니 차게 꿈으로 돌아갔고,
서쪽 집 기장 찧으며 어지럽게 말하네.
작은 솜씨 서툰 재주로 나라에 보답키 어려운데,
문득 암곡에 와서 서암을 지었구나.

入山爲問富春[3]嚴, 尙有耕田價不廉.
洞邃蒼藤因雨暗, 岩高碧蘚帶暉纖.
行看世事低眉宇[4], 坐究詩心倒笠簷.
忽憶長安翻奕盡, 將軍斟酒樂無厭.

산에 들어가 부춘산 엄자릉을 물으니,
오히려 밭 갈고 있어 값이 저렴치 않구나.
골짜기 깊어 푸른 등나무는 비 때문에 어둡고,
높이 있는 바위의 푸른 이끼는 햇빛 걸쳐 가늘구나.
걸어가며 세상일 보니 얼굴 부끄럽고,
앉아 시심을 연구하니 갓의 양태가 넘어지네,
문득 장안 뒤집힌 사변 다함 기억하니,
장군은 술을 따르며 즐거워 싫어함 없네.

明時已乏竄梁鴻⁵, 儒化浸微思蜀翁⁶.
國勢曾聞磐石固, 城隍⁷忍見市朝空.
關王高節傷樊竹, 蔡氏淸音惜爆桐.
氛祲⁸冥遮東海柱, 好風何日見新銅.

밝은 때 이미 다하여 양명을 숨게 하였고,
유교 교화는 침미하여 촉옹을 생각하구나.
나라 형세가 반석같이 굳다고 일찍이 들었었고,
성황은 저자 빈 것을 참고 보는구나.
관왕⁹의 높은 절개는 울타리 대 상하였고,
蔡邕의 맑은 소리는 태운 거문고가 아깝구나.
바다 안개는 어둡게 동해의 기둥을 가리니,
좋은 바람 어느 날 새로운 동타(銅駝)¹⁰를 볼까.

午倚庭柯夜據梧, 鷦棲那得共鵬圖.
群峰樹合晉兵立, 巨壑風同燕馬驅.
世上功名謬柱籍, 書中事業畵葫蘆¹¹.
天回宋德時猶早, 睡漢深羞大監¹²胡.

■
3. 富春-嚴子陵이 隱居한 山名. 後漢 光武帝 때 사람.
4. 眉宇- 이마의 눈썹언저리. 얼굴모양. 笠簷-갓의 양태.
5. 梁鴻-漢 建武~永元 年間 覇陵山에 은거한 隱士.
6. 蜀翁-諸葛亮. 關王-關羽. 蔡氏-蔡邕. 後漢時代 人. 琴을 잘 탐.
7. 城隍-城과 壕. 서낭神이 붙어 있다는 나무.

낮에는 뜰의 가지에 기대고 밤에는 오동에 의지해,
뱁새 깃듦이 어찌 봉새의 도모함 같으리.
여러 봉우리 나무 합하니 진병이 선 것 같고,
큰 골짜기 바람 같으니 연마가 달리는구나.
세상의 공명은 문서를 그릇되게 함이요,
책속의 사업은 葫蘆를 그리는구나.
하늘이 송덕을 돌아오게 함이 때가 오히려 일찍이니,
잠자는 사내가 깊이 부끄러운 것은 대감이 오래 삶이로세.

■
8. 氛祲- 바다위에 긴 짙은 안개. 해미. 요사한 기운.
9. 關羽를 말함.
10. 銅駝荊棘-銅駝가 가시덤불에 묻힘. 晉의 索靖이 나라의 멸망을 한탄했
   다는 데서 온 말.
11. 葫蘆-호리병박. 無등 춤을 출 때 허리에 매어 좌우로 술이 늘어지게
   된 한 제구.
12. 大監-正二品 이상 벼슬. 집터나 그 밖의 곳의 神을 부르는 무당의 말.

冷泉齋 梅月村 趙挺元
-냉천재. 매월촌 조정원

欲止寒談托是題, 景光疏散盡難提.
蒼苔古逕閒來鶴, 白雪孤村遠唱鷄.
漫興無端愁在蜀, 中心不動笑加齊.
草堂重到騎驢客, 梅月遲遲窓外西.

추운 이야기 그만두자고 이 제목을 끄집어 내미니,
경치 흩어지고 다 끌어내기 어렵구나.
푸른 이끼 낀 옛길에는 한가히 학 오고,
흰 눈 내리는 외로운 마을에는 멀리서 닭 우네.
질펀한 흥겨움 끝없으나 근심은 촉나라에 있고,
속마음 움직이지 않으니 웃음은 제나라에 더해지는구나.
초당에 나귀 타고 다시 온 나그네가
매화 달 더딘데 창밖은 저물었네.

辛未 冬至夜
-신미년 동짓날 밤

滿地群陰久擁臺, 一聲雷到萬山開.
重雲初把淡心出, 明月更修新面廻.
宮女明朝添弱線, 杜翁今夜寫寒梅.
滌吾塵肺惟玄酒[1], 却向林泉[2]飮一盃.

땅에 가득한 그늘 오랫동안 누대를 감싸니,
雷聲이 한번 울리니 만산이 열리는구나.
무거운 구름 처음 잡으니 맑은 마음이 나오고,
밝은 달 다시 닦으니 새얼굴로 돌아 왔네.
궁녀는 내일 아침 가는 실로 수놓고,
두옹은 오늘밤 찬 매화를 그리겠지.
내 티끌 진 가슴 씻는 것은 오직 찬물이니,
문득 숲 샘을 향해 한잔 마셔보네.

---

1. 玄酒-물의 別名.
2. 林泉-수풀과 샘. 隱士의 庭園.

壬申暮春晦 諷詠 修禊于 弘農大德里 德湖亭
-임신년 모춘 그믐에 홍농 대덕리 덕호정에서 수계(풍영)
하며

祫服初成際暮春, 東南衆美會西隣.
風光收盡錦囊大, 禊序寫來黃繭新.
澗氣當庭涼逼座, 林嵐過戶翠生巾.
如何一雨今朝惡, 綠草長程滯遠人.

겹옷 처음 만들고 나니 저문 봄 즈음인데,
동남의 아름다운 사람 여러 명이 서쪽 이웃에 모였구나.
바람과 빛을 큰 비단주머니에 모으고 나니,
계를 할 행사순서를 적어오니 누른 비단종이가 새롭네.
시내 기운이 뜰에까지 들어와 서늘함이 자리를 핍박하고,
숲 아지랑이가 문을 지나니 두건에 푸른빛이 감도네.
어찌 한 번 온 비가 오늘 아침에 나쁘랴.
푸른 풀 긴 길에 멀리 가는 사람 머물게 하는구나.

謹次李熙川 德湖亭 韻
-삼가 이희천의 덕호정 운에 차운하다

早年出仕補休明[1], 歸臥德湖聊隱名.
元亮舟前彭澤遠, 季眞門外剡川淸.
訓家日誦聖賢語, 拜墓夜還風雨聲.
千里幾沾宗室淚, 望邊宮樹每含情.

이른 나이에 벼슬에 나아가니 명랑해짐에 많이 도움이 되었으며,
돌아와 덕호에 누워 애오라지 이름 숨겼었네.
도연명[2]은 배 앞에서 팽택은 멀었고,
賀季眞[3]은 문밖에 섬천은 맑구나.
집안을 훈계함에 날마다 성현의 말씀 되뇌웠고,
묘에 예배하고 밤중에 돌아오는데 비바람 소리 들렸네.
천리에 몇 번이나 종실에 눈물 적셨나.
궁전나무 바라보며 매양 정을 간직하였구나.

■
1. 休明-매우 명랑함.
2. 陶淵明-陶潛. 東晋末 詩人. 字는 淵明 또는 元亮.
   官界에서 물러나 歸鄕, 田園生活의 自然美를 노래함.
3. 賀知章-唐의 山陰人. 文辭, 草隷에 뛰어남. 天寶 초에 道士가 됨.

壬申秋再度
-임신년 가을 다시 가다

鴈向南飛菊秀東, 一年秋興與人同.
草堂鐘磬休相報, 不醉無歸此夜中.

기러기는 남쪽을 향해 날고 국화는 동쪽에 피었는데,
한해의 가을흥취 남과 더불어 같이 하네.
초당의 종경 서로 알리어,
취하지 않으면 돌아가지 않는 이 밤중이로다.

人情險惡莅深江, 世路危難踏敗杠.
歸臥緇帷憂畏遠, 長安何處暎紗窓.

인정이 험악한 깊은 강에 다다른 것 같고,
세상길 위태롭고 어려운 것은 썩은 다리를 밟는 것 같구나.
돌아와 검은 휘장 쳐서 걱정과 두려움 멀어지게 하니,
장안 어느 곳에 비단 창에 등불 비치나

谷楓霜淺染丹時, 岩竹風寒競綠枝.
把作詩需唫與友, 隔簾秋色雨相宜.

골짜기 단풍 서리 얕아 붉게 물들 때,
바위의 대나무는 바람 찬데 푸른 가지 다투네.
시를 지어 벗과 더불어 읊으니,
발을 사이한 가을빛은 비 오듯 좋구나.

柳眼秋深更欲微, 松身歲久漸盈圍.
客來爲問何時好, 黃鳥始兼白鳥飛.

가을이 깊어지니 버들눈은 다시 가늘어지려고 하고,
소나무는 세월이 오래되어 점점 주위에 가득하네.
손님이 와서 묻길 어느 때가 좋았나.
꾀꼬리가 비로소 흰 새와 같이 나는 것일세.

廈屋深深庇土寒, 秋風相樹捲簾看.
休敎落葉來侵座, 待得繁陰覆入欄.

큰집 깊이깊이 땅 가려 찬데,
가을바람에 고염나무는 발을 걷고 보네.
낙엽 져서 자리를 범하게 하지 말라,
번성한 그늘 기다려 난간에 들어와 덮으리라.

眼波無極共長天, 相送隱倫秋水邊.
魏野[1]舊居如欲問, 江頭鶴立煮茶烟.

눈길이 끝없이 긴 하늘과 함께하니,
서로 은자를 가을 물가에서 보내는구나.
위야의 옛 살든 곳 만약 묻고자 하면,
강 머리에 학 서 있고 차 끓이는 연기 나는 곳이라네.

杖策從容步出橋, 蕭蕭落葉月明宵.
滿城如到思鄉曲, 散楚誰家吹玉簫.

작지 짚고 조용히 걸어 다리를 나가니,
낙엽이 쓸쓸하게 떨어지는 달 밝은 밤이네.
성에 가득이 만약 고향 그리는 노래 이르면,
싸리나무 흩어진 누구 집에 옥피리 불고 있나

疎於士業懶於農, 尺杖南來坐夜鍾.
短壑幽深方睡鶴, 長江寂寞久潛龍.
聊持隱操須歌桂, 却把知音倚聽松.
區內山中多少鬱, 故人適至破從容.

선비 일은 멀리하고 농사에 게을러,
짧은 지팡이 짚고 남쪽으로 와서 늦은 밤에 쉬게 되었네.
짧은 골짜기 깊고 깊어 바야흐로 학까지 자게 하고,
긴 강 적막해 오래도록 용을 감추었구나.
애오라지 절조는 감추고 모름지기 계수나무를 노래하니,
문득 벗을 잡고 기대어 솔바람을 듣는구나.
지역 안의 산중이 다소 울적하니,
마침 친구가 와서 조용함을 깨는구나.

■
1. 魏野-北宋의 處士. 字는 仲先이며, 號는 草堂居士.

講魯齋 九日 同尹子善 聊以相和
－강노재에서 구일 윤자선과 같이 상화하다

期友不來罷釣魚, 今君適至夕陽初.
群尨不吠如相識, 老鶴無驚步學書.
落葉寒聲題漫興[1], 黃花舊釀醉幽居.
天涯九日多怊悵[2], 落帽何山客拂裾.

기약한 벗 오지 않아 고기 낚는 것 마치니,
이제 그대 마침 오니 석양이구나.
여러 삽살개 짖지 않음은 서로 아는 사이요,
늙은 학 놀라지 않으니 걸어가면서도 공부하네.
낙엽 찬 소리는 만흥을 써보게 하고,
황화의 오래된 술은 유거에서 취해보네.
하늘가 중양절에 슬픔 많으니,
모자를 떨어뜨린 어느 산에서 나그네 옷깃 떨치나.

---

1. 漫興-저절로 일어나는 흥취.
2. 怊悵-원망하는 모양. 실심한 모양.

詠史
-역사상의 사실을 제재로 시를 읊다

靑烟忽憶管夷吾, 被髮書生獨自呼.
城陷臣當羞北地, 運移誰敢恨西湖.
山河惟異感垂淚, 風景不殊堪入圖.
閉戶深看東漢史, 春陵子弟不相孤.

푸른 연기가 문득 관이오[1]를 기억나게 하니,
머리 헤친 서생이 홀로 스스로 불러보네.
성이 함락 되면 신하는 마땅히 북쪽을 부끄러워하고,
운수 옮기면 누가 감히 서호를 한하리오.
산하는 오직 달라도 감격해 눈물 흘리고,
풍경 다르지 않아 견디어 그림에 넣어보네.
문 닫고 깊이 동한의 역사 살피니,
춘릉[2]의 자제[3]는 서로 외롭지 않았구나.

■
1. 管夷吾-管仲. 春秋時代 齊의 賢臣.
2. 春陵-地名.
3. 劉縯과 劉秀. 王莽을 打倒함.

福峙逢客 來族弟東直吟
－복치에서 손을 만나 족제 동직이 와 읊다

江北冥雲暖欲開, 數聲飛雁客同來.
寒溪綠水聽三尺, 遠岫紅霞又一盃.
不樂其除閒日月, 無詩何用好樓臺.
故園消息憑君問, 自我窓前幾着梅.

강북 쪽 어두운 구름이 따뜻함에 걷히려 하는데,
기러기가 여러 소리를 내며 나그네와 같이 오네.
차가운 시내 푸른 물에 거문고 소리 들리고,
먼 산 붉은 놀에 또 한 잔일세.
음악 없이 한가히 세월 보내고,
시 없으면 어찌 좋은 누대가 소용 있으리오.
전에 살던 곳 소식을 그대에게 의지해 물으니,
내 창 앞에는 몇 번이나 매화가 나타났는가?

送 墻洞金弦齋
-장동의 김현재를 보내며

潁濱高躅未曾俱, 慣耳淸名熟口呼.
因號門前須種柳, 知音海上幾培梧.
難忘半日試留贈, 獨恨斜陽酒不沽.
兩峽疎林山路暗, 平安一杖渡溪乎.

영수 물가 귀한 걸음 일찍 함께하지 못하였는데,
귀에 익은 맑은 이름을 익숙하게 입으로 부르네.
호를 따라 문 앞에는 모름지기 버들을 심었고,[1]
속마음을 알아주는 친구는 바다 위에 몇 번이나 오동을 길렀었
나.[2]
반나절 잠시 머물며 주었던 것 잊기 어렵고,
지는 해에 술 사지 않음이 오직 한스럽구나.
양쪽 골짜기 먼 숲에 산길은 어두운데,
평안은 지팡이 짚고 시내를 건넜는가?

■
1. 陶淵明-號 五柳.
2. 鍾子期.

次雙淸稧韻
-쌍청계 운을 차운하다

寒後儒林復欲春, 箕城曙色望中新.
陣雲初罷出晴嶂, 洪水已歸通舊濱.
大道相傳齊魯語, 高吟不讓漢唐人.
胸中各抱雙淸氣, 動破江南滿世塵.

추워진 뒤 유림은 다시 봄이 되려하니,
기성의 새벽빛 바라보고 있자니 새롭구나.
진을 친 구름 처음 걷히니 개인 봉우리가 드러나고,
큰물은 벌써 돌아가 옛 물가로 통하였네.
큰 도리 서로 전한 것은 제, 노나라 말이요.(論語)
높이 읊조려 사양치 아니한 것은 한, 당나라 사람일세.(詩)
마음으로 각각 쌍으로 맑은 기운 안으니,
강남에 가득한 세상 티끌 감동으로 부수네.

漢陽懷古
-한양 회고

漢陽歸客不勝情, 此地何年戴聖明.
北岳山前多暮色, 西江水外到寒聲.
行宮寂寞花空老, 輦路幽深草自生.
往事悠悠回首立, 閒雲一片過孤城.

한양으로 돌아가는 나그네 정을 이기지 못해,
이 땅에서 어느 해에 성명[1]을 모시겠는가.
북악산 앞은 저문 빛 가득하고,
서강 물 밖은 찬 소리만 이르네.
행궁[2]은 적막해 꽃은 쓸쓸히 시들었고,
연로[3]는 깊고 깊어 풀만 절로 났구나.
지난일 유유[4]해 머리를 돌리고 서 있으니,
한가한 구름 한 조각 외로운 성을 지나는구나.

■
1. 聖明-임금을 부르는 尊稱.
2. 行宮-行在. 임금의 巡行 중 잠시 머무는 곳.
3. 輦路-輦道. 宮中의 길. 임금의 수레가 왕래하는 길.
4. 悠悠-썩 먼 모양.

冬至
-동지

千門渾睡夢塵埃, 覺罷一聲中夜雷.
不惜江山今日去, 只歡天地舊陽廻.
月痕生淡鴈橫塞, 雲物入新人倚坮.
杜老何年辭聖去, 可憐孤憶兩京梅.

많은 집 온통 자며 티끌을 꿈꾸니,
밤중 한차례 울리는 우레 소리에 잠깨네.
오늘 강산을 떠나감은 섭섭지 않으나,
다만 천지에 옛 볕이 돌아옴은 기쁘구나.
달 흔적은 맑게 살아있고 기러기는 변방에 자유롭게 날고,
운물[1]이 새롭게 드니 사람은 누대에 기대었네.
나이 든 두보는 어느 해 성군을 사양하고 떠났나.
가련하구나! 언덕 양쪽에 있던 매화를 외로이 기억하네.

■
1. 雲物-태양 곁에 있는 구름 빛깔. 이것으로 길흉을 점침.

逢靑龍洞 丁敬秀 以上 咸平 作
—청룡동 정경수를 만나서

故人南渡入書樓, 豈意相逢萍水頭.
今日白雲同望舍, 去年靑草共臨洲.
人間窄窄吾何適, 天下滔滔子不流.
五季無多風雨夜, 宋朝治敎更看休.

친구가 남쪽으로 건너와 서루에 드니,
어찌 서로 만남이 부평초 같나
오늘 흰 구름을 집에서 같이 바라보고,
지난해 푸른 풀은 물가에서 함께 보네.
세상은 좁고 좁아 내 어디로 가며,
천하는 도도¹하고 그대는 흐르지 않는구나.
오계²에 바람비 오는 밤 적으니,
송나라 조정의 치교³를 다시 아름답게 보네.

■
1. 滔滔-광대한 모양. 큰물이 흘러가는 모양. 지나가는 모양.
2. 五季-五代의 문란해진 시대 말엽. 唐·虞·夏·殷·周.
3. 治敎-세상을 다스리고 백성을 가르치는 道. 정치와 교육.

過光州掩耳齋 高光善氏 辛亥春
-광주 엄이재 고광선 씨 집을 지나며

絶壑茅齋在, 蒼寒木石隣.
閒雲看近午, 碧澗聽回晨.
山枕老巢父, 菜園歸信民.
是非都掩耳, 獨臥舊王春[1].

끊겨진 골짜기에 띠로 지은 집 있어,
푸르고 찬 나무와 돌이 이웃이네.
한가한 구름은 오후가 가까워서야 보고,
푸른 시내는 새벽 되어 물소리 듣는구나.
산에는 늙은 소부가 자고,
채소동산에는 백성이 돌아왔네.
옳고 그름에는 모두 귀 가리니,
옛 음력 정월에 홀로 누워있네.

■
1. 王春- 음력 정월의 다른 이름.

褒忠祠 薇菊稧會時
-포충사에서 미국계 모임 때

春草祠前征馬遲, 蜀鵑啼罷樹西枝.
徵君[1]已去菊花外, 二子不歸薇蕨時.
序屬三秋[2]留後約, 天晴一日趁佳期.
蒼山欲暮長江遠, 萬古書生不盡思.

봄풀이 피어있는 사당 앞을 말이 느리게 가는데,
촉나라 두견은 서쪽 나뭇가지에서 울음 그쳤구나.
그대 불러도 이미 국화 밖으로 떠났으며,
고사리 캐러 간 두 사람은 돌아오지 않을 때네.
계절은 석 달 가을이 되어 뒷 약속 남겼고,
하늘 갠 하루에 아름다운 기약 이행하였네.
푸른 산 저물려하니 긴 강은 멀고,
만고의 서생은 생각을 그치지 못하는 구나.

---

1. 徵君-陶淵明. 二子-伯夷와 叔齊.
2. 三秋-가을의 석 달, 세 계절, 아홉 달, 삼년.

登牟平潁陽齋 次原韻
－모평 영양재에 올라 원운을 차운하다

晦木寒泉合紫陽, 先生卜築挹淺香.
況今天下非堯世, 洗耳東頭潁水長.

찬물이 솟는 샘 시들은 나무는 자양에 합하고(朱子),
선생이 집을 지은 곳에 얕은 향기가 끌어당기네.
하물며 지금의 천하는 요임금 세상이 아니라,
귀를 동쪽머리 영수에서 항상 씻는구나.

過佛影坮
-불영대를 지나며

中峰隱約有荒坮, 碧樹參差[1]一路開.
數幅生紗多佛影, 靑山六月客重來.

봉우리 가운데 아주 작은 황폐한 누대 있어,
푸른 나무 사이로 들쑥날쑥한 길이 열려있네.
몇 폭의 생 비단 불영사에 많은데,
유월, 산이 푸를 때 나그네 다시 찾아 왔구나.

■
1. 參差(참치)-가지런하지 않음.

登海佛庵
-해불암에 올라서

飛雲出自履邊生, 帶得人間不老情.
壺谷從容觀費子, 石門深鎖訪陽明.
靑螺岫立崚嶒角, 白馬波來怒號聲.
憶昔吾皇歸路遠, 千年海佛獨昇平.

산이 높아 날아가는 구름이 신발 가에서 나오니,
인간이 늙지 않는 심정을 지녔구나.
호곡은 조용히 비자[1]를 본 것 같고,
돌문은 깊이 잠겨 양명[2]을 찾는구나.
푸른 소라 빛 산은 뿔 모양같이 섰고,
흰 말 빛 물결은 성나 부르짖는 소리 들려오네.
옛날 우리임금 돌아오는 길 먼 것을 기억하니,
천년의 바다부처는 홀로 태평하구나.

■
1. 費長房을 말함-後漢 汝南人. 어느 날 藥材를 파는 한 노인이 가게 앞에
   하나의 단지를 걸어 놓았다가 장이 파하자, 그 단지 안으로 뛰어 들어
   가는 것을 보고서 道를 가르쳐주기를 請하였다. 그 老人을 따라 深山으
   로 들어가 修道를 하였으나, 끝내 道를 깨치지 못한 채로 下山하고 말
   았다. 헤어질 때 그 老人은 한 장의 符籍을 주며, 이것을 가지고 있으면
   地上의 鬼神을 마음대로 부릴 수 있다고 하였다. 집으로 온 그는 老人
   의 말대로 그 鬼神을 자유로이 부릴 수 있었으나, 마침내 부적을 잃고
   말아 鬼神에게 죽음을 당하였다 함.
2. 陽明-王守仁의 號. 五十年前王守人, 開門人是閉門人.

過觀水亭 謹次板上韻
─관수정에 올라 삼가 판상운을 차운하다

六月登臨骨欲寒, 晴川一曲暎雕欄.
閒雲近宿靑山郭, 倦鳥低回白石灘.
濟巨當年需厥用, 退流今日託斯觀.
令公神德淸如水, 能使餘波滌我肝.

유월에 올라 다다르니 뼈까지 한기가 들기 시작하는데,
맑게 갠 시내 한 굽이 조각한 난간을 비추네.
한가한 구름은 푸른 산 성에 가까이에 머물고,
게으른 새는 흰 돌여울로 낮게 돌아오네.
큰 물결 일던 해에 올라와 관수정을 이용하였고,
오늘 흐름을 거스르며 이 풍광 탓이라 하네.
공의 신덕은 맑기가 물과 같아,
능히 남은 물결로 하여금 나의 간장을 씻게 하는구나.

次宋恩植 望華亭
-송은식의 망화정 운을 차운하다

拱北華扁遠聳天, 孤臣立望帝城邊.
雲深杜老[1]思千里, 日出封人[2]祝萬年.
直夜衣沾陵寢[3]雨, 清朝書奏御爐[4]烟.
至今誰使神州[5]陷, 獨倚亭頭淚潸然[6].

공북의 화려한 편액은 멀리 하늘에 솟았으니,
외로운 신하 서서 임금 계신 성 가를 바라보는구나.
구름은 깊어 두로는 천리를 생각하고,
해가 뜨자 봉인은 만년을 기원하네.
밤 되자 능침의 비에 옷 젖고,
맑은 아침 어로의 연기에 글을 바치는구나.
이제 누가 신주를 함락케 하겠나?
홀로 정자 머리에 기대어 눈물 뿌리네.

■
1. 杜老-杜甫, 封人-국경을 지키는 관리.
2. 封人-변경을 지키던 벼슬아치.
3. 陵寢-陵墓. 임금 왕비의 무덤.
4. 御爐-임금이 계신 곳의 향로.
5. 神主-中國. 서울부근의 지역.
6. 潸然-눈물 흐르는 모양.

登 南台峰山拜崇慕殿雙碑 －士人羅相縞 於台峰山
作 崇慕殿 立雙碑奉審
남태봉산에 올라 숭모전의 한 쌍의 비에 예배하다 - 사인
라상호가 태봉산에 숭모전을 짓고 한 쌍의 비를 세워서 받들어 살피
다

降仙蒼嶝殿千年, 誰識金盤設此筵.
王業[1]蕭條[2]流水外, 帝鄕[3]縹緲[4]白雲前.
山河分裂歸秦地, 父老相逢祭楚天.
國內勳臣原不在, 碧台峰下有人傳.

신선이 내려온 푸른 등성에 천년 역사의 숭모전 있네.
누가 금 쟁반으로 이 잔치 베풀었는지 알리요.
왕업은 흐르는 물 밖에 쓸쓸하고,
제향은 흰 구름 앞에 희미하구나.
산과 물이 분열되어 진나라 땅으로 돌아가고,
나이 많은 어른들 서로 만나 초나라를 위해 하늘에 제사하네.
나라 안에는 공신이 원래 있지 않다고,
벽태봉 아래에 있는 사람이 전하네.

■
1. 王業-임금이 나라를 다스리는 大業.
2. 蕭條-쓸쓸함.
3. 帝鄕-天帝의 서울. 帝王의 고향. 神仙이 사는 곳.
4. 縹緲-희미함.

癸酉夏 以禊事 會佛甲寺 萬歲樓
-계유년 여름 계의 일로 불갑사에 만세루에 모이다

百丈江雲盛夏時, 誰知避暑此樓宜.
千峰擁翠曇雲細, 萬壑幽深法日遲.
客灌枯胸斟竹葉, 人摩軟脚憩藤枝.
春風不用蘭亭事, 却訪晦翁泉上巵.

백발의 강 구름이 한창인 여름에,
더위 피함에 이 누각이 마땅한 줄 누가 알리요.
천 봉우리 푸르름 안아 먹구름은 미미하고,
만 골짜기 깊고 깊어 법일[1]은 더디네.
나그네는 메마른 가슴 적셔 대 잎으로 잔질하고,
사람은 부드러운 다리를 문지르고 등나무 가지 아래 쉬는구나.
봄바람에 난정[2]에서의 일은 소용없으니,
문득 회옹(朱子)이 샘 위에서 술잔을 찾는구나.

---

1. 法日- 열반이라는 법의 태양.
2. 蘭亭- 중국 절강성 소흥현 남서에 위치한 난저(蘭渚)에 있던 亭.

癸酉秋 海佛庵 稧會
-계유년 가을 해불암에서 계로 모이다

絶頂孤菴出郡東, 楓林九月與人同.
藍田舊約[1]逢佳節, 洛社淸標立晩風.
大地胸將西海闊, 高樓語接上天通.
此來堪笑奏皇事, 誰識三山在此中.

산꼭대기 외로운 암자가 군의 동쪽에 나타나니,
단풍 숲에서 구월의 사람들과 같이 하네.
남전의 옛 약속에 아름다운 계절을 만났고,
낙사의 깨끗한 기품으로 늦은 바람에 섰구나.
대지의 가슴은 서쪽바다의 넓음을 가졌으며,
높은 누각에서의 이야기는 하늘과 통하였네.
이에 와서 진시황의 일을 견디며 웃을 만하니,
누가 삼산[2]이 이 가운데 있는 줄 알리요.

1. 藍田舊約- 왕유의 망천(輞川) 별장이 있던 곳. 전원생활을 할 옛 언약.
   * 藍田: 중국 섬서성 서안시 동남방에 있는 현의 이름. 그 동쪽의 남전
   산에서 아름다운 구슬이 났다.
2. 三山-三神山. 신선이 살고 있다는 세 산. 蓬萊, 方丈, 瀛州.

甲戌秋 薇菊稧 以蘭菊稧改名 輪示 東江金甯漢氏
改
-갑술년 가을 미국계를 난국계로 이름을 고쳐 돌려가며
보다 동강 김녕한 씨가 고치다

結稧要將蘭菊成, 山河故國會餘生.
孤松廟遠思昭烈, 老栢祠殘祭孔明.
半世同心歌古操, 秋風寫史動寒聲.
海西猶臭無人逐, 多感薰香共哭情.

난초와 국화를 가지고 계를 맺으니,
고국의 산하는 남은 생애에 내 뜻과 합하는구나.
외로운 솔 사당은 멀어 소열[1]을 생각하고,
늙은 잣나무 사당에는 아직도 공명[2]을 제사하네.
반평생 마음 같이해 옛 곡조 노래하며,
가을바람은 역사를 베끼니 찬 소리 움직이네.
바다 서쪽 썩어 냄새나는 풀은 사람이 쫓음 없으니,
향기를 맡으며 감동이 되어 함께 정에 우는구나.

1. 昭烈-劉備.
2. 孔明-諸葛亮.

甲戌春薇菊稧韻
-갑술년 봄 미국계운

湖英聚作洛中遊, 菊里薇村摠隱流.
樽酒無量春意樂, 錦囊有約景光收.
北窓閒史人歸宅, 西岫長歌客倚樓.
兩世貞忠祠屋在, 鴨溪殘日更回頭.

호남 영걸이 모여 낙중에서 노니,
국화 마을 장미촌 모두 은자의 풍류로다.
두루미 술은 충분하니 봄은 즐겁고,
비단주머니에 경치 담아 묶어두네.
북창에서 한가히 역사책 보던 사람은 집으로 돌아가고,
서쪽 산에서 길게 노래하는 손은 누각에 기대었네.
두 세대 정절 충신 사당에 모셔져 있으니,
압계의 기울어져 가는 햇빛에 다시 머리 돌려 보는구나.

薇菊吟社
-미국계 시모임

楚天無礙碧生明, 一半秋光弄晚晴.
沸地管絃佳日永, 滿畦禾黍午風輕.

높은 하늘은 거리낌 없이 푸른빛으로 밝은데,
반쯤 가을빛이 늦게 갠 날을 희롱하네.
땅에 용솟음치는 음악은 아름다운 날을 읊으니,
밭두둑에 가득한 벼와 기장은 오후바람에 가볍구나.

仲秋
-음력 팔월 추석

張騫不老乘槎意, 王粲偏憐倚檻情.
如哭如歌征婦怨, 誰家不返玉關行.[征夫]

장건[1]은 늙지 않고 뗏목 탔음을 기억하고,
왕찬[2]은 두루 가련히 헌함에 기대고 싶은 마음이네.
우는 것 같고 노래하는 것 같음은 征夫의 원망 때문이니,
누구집이 옥문관[3]에 가서 돌아오지 않나

---

1. 張騫-前漢時人. 中國에서 西域을 開拓 함.
2. 王粲-三國時代 魏의 詩人. 建安 7人中 第一人者.
3. 玉門關-甘肅省 敦煌縣의 關門.

崔松隱 禹鉉正 二氏 晬筵 南平藍石里
-최송은 우현정 회갑연. 남평 람석리

祝以門欄祝以年,　壽觥秩秩頌聲連.
兒孫客賀汾陽宅,　耆老人言衛武筵.
當思瞻望屺岵外,　亦難好合瑟琴前.
要將隱德題松下,　有鶴南飛過憂然.

문 난간에 빌고 나이를 빌어,
수 올리는 잔에 질질[1]이 칭송소리 이어지네.
아이손자들은 분양[2]의 집을 축하하고,
늙은이는 위무[3]의 잔치라 말하네.
민둥산 밖을 바라보며 마땅히 생각하고,
금슬 앞에 함께함이 또한 어려운 것이네.
덕을 숨겨서 소나무 아래에 쓸 것 요구하니,
학은 남쪽으로 날아 울며 지나가네.

■
1. 秩秩-겸손한 모양. 질서정연한 모양. 아름다운 모양.
2. 汾陽-皇帝의 讓位. 요임금이 汾陽에 와서 仙人과 만나 황제의 자리를 물러 주었다는 故事.
3. 衛武-春秋左傳 7정공 중 一人

哭吳後石先生 羅州道林
-오후석 선생을 곡하며 나주 도림

皇天憂世路, 命使降吾東.
嚴立夏夷別, 力挾鄒魯風.
鰲山聞大道, 馬島泣孤忠.
今日摧樑木, 餘生淚不窮.

황천[1]이 세상을 겪어 나가야 할 것을 걱정하사,
사신에게 명하여 우리나라에 나게 하셨네.
중국과 오랑캐를 구별하는 것을 엄격하게 세웠고,
힘써 추나라 노나라 풍모를 품었네.[2]
오산[3]에서 큰 도를 들었고,
마도[4]에서 외로운 충성에 울었네.
오늘 대들보 꺾이니,
남은 생애 눈물이 마르지 않는구나.

1. 하늘
2. 孔孟
3. 地名.
4. 地名.

哭奇丈 惺石 長城高山 老善先考
-기성석을 곡하며. 장성 고산 늙도록 선고와 잘 지내다

蘆沙先師後, 嫡傳又篤生.
操存心法守, 繼述事功成.
燕翼貽謨大, 英才敎育明.
雖無供灑掃, 爲道哭衷情.

노사 선생¹ 뒤를 이어,
적통 전함이 또한 돈독한 삶이었네.
마음 쓰는 법을 단련하고 위로하면서 지키고,
이어가는 일로 功 이루었구나.
연익²의 계책 크고,
영재의 교육 밝혔구나.
비록 물 뿌리고 비로 쓰는 공양 없어도,
도 때문에 속마음으로 우는구나.

■
1. 蘆沙先生-奇正鎭 先生
2. 燕翼-조상이 자손들의 安樂을 위해 도와 편안하게 함.

尹春江 英炳 送破巢卵詩 和之三首
-춘강 윤영병이 파소란시를 보내와 세 수로 화답하다

鴟乎無毁室, 物性亦何殊.
桑土補殘[1]戸, 春風將欲雛.

올빼미여 집 헐지 말라,
사물의 본성 또한 무엇이 다르랴.
뽕나무 흙으로 쇠잔한 문 보수하면,
봄바람이 장차 약하고 부드러워지려 하네.

鴟今終不去, 其意頓相殊.
坐視生成早, 寒天敢攫雛.

오늘도 올빼미는 끝내 떠나지 않으니,
그 뜻이 꺾이니 서로 다르구나.
나서 빨리 자라는 것을 앉아서 지켜보니,
추운 날씨에도 감히 병아리 채려하네.

金印忽奮擊, 鴟去遠方殊.
乃育懷中子, 梧陰伴鳳雛.

---

1. 桑土綢繆-폭풍우가 오기 전 새가 뽕나무 뿌리를 캐서 보금자리를 잘
   보전 하는 것 같이, 사람이 재난을 당하기 전 미리 대비함을 비유한 말.

금인으로 문득 용기내고 힘내어 토벌하니,
올빼미는 먼 곳으로 갔구나.
이에 품속 새끼 키워,
오동나무 그늘에서 봉황새끼와 짝하는구나.

哭尹杏窩戚叔 主牟平 伯彦先考
-윤행와 척숙에게 울며. 모평의 백언선고를 높이다

林泉聳崛起, 處士降牟陽.
天賦明敏果, 體容恭儉良.
過庭聞有學, 懷簡習無忘.
述事惟爲大, 闕猷始克昌.

庚戌寒風至, 卷懷杏下窩.
慕賢雲谷邃, 祝聖首陽峨.
經案爲年久, 琴牀得月多.
空壇夫子意, 倚樹獨恒哦.

嗚呼八耋年, 一節固無愧.
潁北水爲淸, 箕東山以歸.
忽看雲日暮, 永隔音容侍.
誰復立頹網, 哭私且哭義.

숲 샘은 구불구불 솟았고,
처사는 모양에서 내려왔네.
하늘은 밝고 민첩한 재주를 주었고,
몸은 공검한 어짊을 지녔구나.
뜰을 지나며 들은 배움 있으니,
돌아보니 간단하게 배운 것도 잊지 않았었네.
계술(繼述)[1]의 일 오직 크고,
꾀하는 바 비로소 창성하구나.

경술년 찬바람 불어오니,
마음을 행하 굴에 거두었고.[2]
운곡 깊숙한 곳에서 어진 이 사모하고,
수양산에서 성인을 빌었네.
책상에서 해를 지낸 지 오래고,
거문고 평상에서 달을 고맙게 여긴 적이 많았구나.
행단[3]이 쓸쓸함은 夫子의 뜻이니,
나무에 기대 홀로 부르네.

아아! 팔십의 나이에,
오로지 절개 지켰으니 진실로 부끄러움이 없구나.
영수 북쪽 물 맑고,
기자 동쪽 산 높구나.
문득 구름 해 저문 것을 보니,
음성과 모습[4] 길이 모시지 못하게 되었네.
누가 다시 무너진 기강 세워,
혼자 울고 또 의리에 울겠는가?

■
1. 계술(繼述)- 조상의 하던 일이나 뜻을 끊지 아니하고 이어감. 紹述.
2. 庚戌國恥를 뜻함.
3. 杏壇-공자가 제자를 가르치던 곳.
4. 音容- 음성과 모습.

甲戌秋 稧會于佛甲寺
-갑술년 가을에 불갑사에서 계모임 하며

石迤崎嶇訪寺窓, 春釭餘話又秋釭.
游魚出水開琴譜, 匹馬行雲載酒缸.
千嶂齊回深古壘, 萬松俱籟漲寒江.
黃花[1]九月旣望夜, 白首靑衿對作雙.

구불구불 돌길 따라 절집 찾아 가니,
봄의 남은 이야기를 가을에 또 하게 되었네.
물에서 헤엄치는 고기는 거문고 악보 펼쳐놓음 같고,
술 단지 실은 한 필의 말이 구름 가듯 하네.
수천 봉우리 돌아오니 옛 진터는 깊고,
울창한 소나무는 피리소리와 함께 차가운 강물에 불었네.
노란 국화 핀 구월 십육일 밤,
늙은이와 젊은이가 마주하며 짝을 지었네.

■
1. 黃花-국화, 황국.

乙亥秋 修鄉社稧于竹新村 朴燦圭家
-을해년 가을 죽신촌 박찬규 집에서 향사계를 하며

竹樹新村石逕微, 重逢結社對斜暉.
歌聲碎雪疎簾冷, 酒力生春白屋肥.
長渚露華葭葉晚, 小山秋色桂花飛.
塵埃萬斛滌川坐, 西浦涼風吹滿衣.

대숲 있는 새마을에 돌길은 희미한데,
뜻을 같이하는 사람들과 거듭 만나 저녁햇빛과 마주하네.
노래 소리는 내리는 눈에 부셔지고,
술 힘에 온기가 생겨 초라한 집은 살이 찌네.
긴 물가 이슬 빛나 갈대 잎은 쇠하고,
작은 산 가을빛에 계수나무 꽃이 날리는구나.
먼지로 가득해 더러워진 것을 시내에 씻고 앉았으니,
서쪽 포구 서늘한 바람이 옷에 가득 부는구나.

高山祠 陳設 乙亥 三月 十九日
－고산사에 진설하며 을해년 삼월 십구일

高山壁立建新祠, 主腏蘆翁百世師.
三月中丁牲幣潔, 靑袍後學赴前期.

높은 산 낭떠러지에 새 사당 지으니,
강신[1] 술을 주간(主幹)하는 노사선생은[2] 백세의 스승이구나.
삼월 중정[3]에 희생 폐백 깨끗하니,
푸른 도포 입은 후학이 전날에 다다랐네.

■
1. 降神.
2. 蘆翁-蘆沙先生.(奇正鎭 先生)
3. 中丁-음력 중순에 뜨는 丁日. 제사는 대개 이 날을 가리어 지냄.

丙子閏三月十五日 褒忠祠 薇菊稧韻
-병자년 윤 삼월 십오일 포충사 미국계운

百尺高樓半入雲, 洞門南圻大江分.
層巒當戶重霄翠, 飛瀑下溪殘雪紛.
爭地可歎同彼虜, 仰天堪泣喪斯文.
東風對酒懷千古, 忠烈祠前日欲曛.

백 척 높은 다락이 반쯤 구름 속에 들어가니,
골짜기 문은 남쪽으로 트여 큰 강이 나뉘었네.
층층진 산들이 집에 닿아 있으니 하늘은 푸르고,
시내로 떨어지며 물이 튀는 폭포에 남아있는 눈은 어지럽구나.
땅을 다투니 저 오랑캐 같음을 탄식하고,
하늘 우러러 울며 斯文을 잃게 하는구나.
봄바람에 술을 나누며 千古를 그리니,
충열사 앞에 해 저물려 하네.

過溫陽 浴溫泉 己卯 十一月 日
－온양을 지나며 온천에 목욕함 을묘 십일월 일

玉殿虛無井館成, 溫泉湧自地中行.
靑如藍翠身疑染, 熱若薪陽骨欲驚.
獨木槐寒封舊土, 惠波亭靜擁新兵.
先王已去怊多悵, 回首遲遲步出城.

옥전은 텅 비었고 마을의 집들은 정리되니,
온천은 땅으로부터 솟아 흘러가는구나.
쪽빛 같은 푸르름에 몸이 물들까 의심하고,
불 같이 뜨거워 뼈가 놀랄까 하네.
외롭게 서 있는 느티나무는 옛 땅에 쓸쓸히 서 있고,
혜파정은 고요해 새로운 군사가 호위하네.
선왕은 이미 떠나 많이 슬프니,
천천히 머리를 돌아보며 걸어서 성을 나왔네.

過牙山書院洞 有感 己卯 十一月日
–아산 서원동을 지나며 느낌이 있어

嶽麓相回洞不寬, 數家村後設空壇.
一條流水猶長在, 豈意潛翁俎豆寒.

산기슭 서로 돌아보니 마을은 좁은데,
마을 몇 집 뒤에 빈 제단이 있네.
한 가닥 흐르는 물이 오히려 오래도록 있는데,
어찌 도연명의 조두[1]는 차가운가?

■
1. 俎豆-도마와 접시. 제사를 지냄.

次觀善齋韻 忠南報恩 俗離面 荷開里 宣政薰 講學所
-관선재 차운. 충남 보은 속리면

觀善高扁出海東, 俗離之下紫荷中.
屛巒擁後螺鬟翠, 錦水當前鏡面空.
長夜獨看迎曙日, 大冬能得坐春風.
昔我晦翁先用此, 那時負笈席相同.

관선재 높은 편액이 우리나라에서 나오니,
속리산 아래 자하동 가운데로다.
병풍산 뒤로 감싸니 소라 머리처럼 푸르고,
비단물결 앞에 흘러 거울 같은 수면은 비었네.
긴 밤 홀로 지내며 새벽 맞이하며,
한겨울 되어 따뜻한 곳에 앉았구나.
옛날 우리 주자(朱子)가 먼저 이를 사용하여,
어느 때 책가방 지고 자리 서로 같이 하리요.

弦窩高先生 光善 几筵下 乙亥 十二月二十三日
-현와 고광선 선생 궤연 아래

鳳嶽鎮雄州, 先生降精采.
家聲仰霽峰, 地望瞻崧岱.
林下立門庭, 清流遠灌漑.
百川知海宗, 南服滌塵穢.

爲學戎安平, 寄窩弦或佩.
孔脈體無隤, 程魂尊不昧.
忠義炳然丹, 元兇深大懟,
抗疏已難追, 泣弓靡所逮.

掩耳豈初心, 結齋蔽陽戴.
潛德賜揄揚, 英材任敎育.
天其欲喪文, 奄忽見傾背.
鳥亦此山哀, 龍何今歲在.
憶昔雪深窓, 終宵承警咳.
寢門哭我私, 雲日沈西塞.

봉악이 웅주를 지키니,
선생의 깨끗한 풍채 내려오네.
집안 명성은 갠 봉우리처럼 우러러보이고,
지역의 명망은 높은 산 같이 바라보이네.
숲 아래에 문을 세우고,
맑은 물은 물 대는 것이 멀구나.
모든 시내는 바다가 근원인 줄 알고,
남쪽 옷에 묻은 더러운 먼지 씻었구나.

학문으로 평안을 도우고,
움집에 기거하며 거문고 옆에 두고 있구나.
공자의 학맥은 본체 무너짐이 없고,
정자의 혼은 높아 어둡지 않네.
충의는 불꽃같이 붉고,
원흉은 깊고 크게 밉구나.
항소[1]는 이미 쫓기 어려우니,
우는 활이 미칠 바가 아니구나.

귀를 가리는 것이 어찌 첫 마음과 같으리오,
집 지어 해 비침 가리네.
덕을 감춰 떨쳐주고,
영특한 재목 교육을 맡기네.
하늘이 그 문화[2]를 잃게 하니,
문득 자빠지고 무너짐 보는구나.
새 또한 이 산이 슬프고,
용은 어찌 올해에도 있을까
옛날 눈 깊은 창을 기억하니,
밤새도록 경계의 기침 이어졌구나.
침문에서 나 혼자 우니,
구름 해 서쪽 변방에 잠기누나.

■
1. 抗疏-임금에게 表文을 올려 極力으로 논함.
2. 文彩(文章)- 한 나라의 문화를 이루고 있는 것, 예악, 제도, 교육 등.

上珍原 憶道南 奇公老善
-도남 기노선을 기억하며

寒天憶舊遊, 幾上道南樓.
昌厥先徽重, 憫斯後學求.
澹軒明月在, 精舍白雲留.
誰送龜山去, 前程水自流.

추운 날씨에 옛날 놀던 곳 생각하며,
몇 번이나 도남루에 올랐던가?
그 선대의 아름다움은 창성하였고,
이 후학의 구함은 민망하구나.
맑은 마루에는 밝은 달 있고,
학문을 가르치는 집에는 흰 구름 머무는구나.
누가 구산을 전송해 보냈나?
앞길에 물이 절로 흐르는데.

誄邊孝子鎭壽 仁卿
-변효자 진수 인경(字)을 만시(輓詩)하며

吾黨日尤孤, 又此見斯哭.
去歲傷在已, 今年又不淑.
學問畢生計, 聖訓講之熟.
盈科[1]終放海, 合抱能成木.

親瘠孰不憂, 裂指公所獨.
情切無父何, 恩深生我育.
黔婁代身命, 張奎刲股肉.
千載無復聞, 義同因感服.

同財篤友于, 推恩敦宗族.
施人大傾廩, 敎子遠就塾.
痛國昔何年, 寂寞深山谷.
大駕遽昇霞, 神州誰克復.

目斷鼎湖龍, 淚濕瀟湘竹.
率土莫非民, 如公又有孰.
嗚呼生此賢, 天胡脫人速.
二胤能繼述, 家聲自芬馥.

■
1. 盈科-학문연구가 순서를 따라 점진적으로 진보 된다는 뜻.

우리 무리 날이 갈수록 고립되니,
이것을 슬퍼하는 모습을 다시 보는구나.
지난해 근심이 있었고,
올해에도 또 맑지 못하구나.
학문으로 살아갈 길을 다하였고,
성훈의 강론은 익숙하였네.
학문이 점점 더 나아져서 마침내 바다처럼 넓어져서,
합해 안으니 능히 재목이 되네.

어버이 병에 누가 근심치 않으며,
손가락 깨어 문 것은 공이 스스로 한 바이네.
정이 간절해 아버지 없으면 어찌하며,
은혜 깊어 나를 낳아 기르셨네.
검루[2]는 자신의 목숨을 대신하였고,
장규[3]는 다리 살을 베었었네.
천년에 다시 들림이 없으니,
의리가 같아 감복하네.

■
2. 黔婁--戰國時代 齊의 隱士.
3. 張奎-宋 張奎, 張亢의 모친이 큰 뒤지를 옆에 두고, 친구가 찾아오면
   그 친구가 어떤 사람인가를 뒤지 뒤에서 듣고 있다가 못쓸 친구면 제지
   하고, 좋은 친구와 사귀도록 인연을 가려 맺어줌.

재물을 같이 쓰고 우애 돈독하며,
은혜를 널리 펼쳐 종족에게 돈독하였으며.
남에게 베풀어 곳집 열었고,
자식 가르쳐 멀리 글방에 나가게 하였네
지난 해에는 나라에 아픔이 있어,
적막한 깊은 산골짜기였네.
큰 수레[4] 급히 승하하시니,
신주[5]는 누가 극복[6] 하리요,

정호의 용 보기를 그만두었고,
눈물은 소상의 대를 적셨구나.
온 땅이 백성이 아님 없으니,
공과 같음이 또 누가 있으랴
아아! 이 어진이 나시어,
하늘은 어찌 이 사람을 빨리 데려가시나요.
두 아이 능히 이어가면,
집안 명성이 절로 향기로우리라.

■
4. 大駕-임금이 타는 수레, 鳳駕, 龍駕, 임금.
5. 神州-서울. 서울부근의 지역. 중국인이 자기나라를 일컫는 말. 신선이
   사는 곳.
6. 克復-敵과 싸워 이겨 失地를 恢復 함. 正道로 돌아감. 克己復禮의 略.

綾州梁竹山會準 訪我於萬仙齋 不遇見贈 追和三首
 和順郡 春陽面 大新里 丙子四月 晦日 森西三桂里
-능주의 양죽산 회준이 만선재에서 나를 찾아와 만나지
못해 뒤에 세 수로 화답해 보여주다

君在大薪里, 我居南竹陰.
晚來交誼密, 東海不爲深.

그대는 대신리에 살고 있고,
나는 남죽음에 산다네.
늦게 사귀는 우의 좋으니,
동해 깊다 하지 못하리라.

訪我仙齋遠, 山西月欲陰.
忽然生薙變, 聞若落坑深.

나의 선재를 멀리서 찾으니,
산 서쪽 달은 지려하네.
홀연 치변(머리 깎는 변동)이 생기니,
듣고선 구덩이 깊은데 떨어지는 것 같구나.

吾生恒雪月, 月出憶山陰.
惆悵帆何去, 天寒夜已深.

우리의 삶은 항상 눈과 달이요,
달이 뜨니 산그늘 기억나는구나.
슬프구나! 돛대는 어디로 가려하나,
날씨는 춥고 밤은 이미 깊었는데.

附原韻
-원운에 붙이다

恃入見 虛心所悵 歎殊楊 失陽光 略陳情實 留墨赫蹏[1] 休誅否?
있는 줄 믿고 들어와 보니, 허전한 마음이 섭섭한 바는 楊陽契가
햇빛을 잃은 것을 탄식하며, 간략히 情實을 진술하고 붓글로 얕
은 편지를 남겨두어 꾸짖지 않을까?

故人歸何處, 只有碧松陰.
慥慥楊陽契, 大江淡且深.

친구는 어디로 갔나?
다만 푸른 솔 그늘만 있네.
독실한 양양계는,
큰 강처럼 맑고 깊구나.

---

1. 얕은 편지.

次林碩鎭 四美堂韻 乙亥 十一月 日
- 임석진의 사미당운을 차운하다

萬仙峰下作仙遊, 不識人間浩劫[1]秋.
碁局夏宜司馬樂, 詩篇春漫杜翁愁.
琴前來月明如素, 盃上過雲淡欲流.
遙想竹樓雖少二, 投壺[2]密雪[3]更何求.

만선봉 아래에서 신선놀음하니,
인간에게 큰 재화 있음을 모르겠구나.
여름에 바둑을 두는 것이 마땅하니 사마는 즐거워하고,
봄에는 시 짓기가 게을러짐에 두옹은 근심했네.
거문고 앞에 오는 달은 밝기가 비단 같고,
잔 위로 지나는 구름은 맑게 흐르는 것 같네.
멀리 죽루를 생각하니 비록 두 명은 적으나,
많이 오는 눈 속에서 투호놀이하며 다시 무엇을 구하리.

■
1. 浩劫- 인간의 큰 재화. 미래에 영원히 걸칠 세상. 궁전 계단 혹 탑.
2. 投壺-宴會席에서 주인과 손이 병에 화살을 던져 넣어 이긴 사람이 진
   사람에게 술을 먹임.
3. 密雪-촘촘하게 쌓인 눈.

次李氏鰲隱堂韻 長城 北二面
-이씨 오은당 차운 장성 북이면

鰲背神岑護古堂, 主翁隱此列群芳.
客雖釣海碧波靜, 誰敢拔山靑黛[1]長.
深壑無風生虎嘯, 舊墟有月動龍光[2].
一區靈境協龜卜[3], 千歲亦支詩酒床.

신령한 산 등져 있는 오은당은 옛 집 호위하듯 하고,
늙은 주인 여기에 은거하며 여러 꽃을 심어 놓았네.
푸른 물결 고요한 바다에서 나그네는 낚시질하고,
누가 감히 산을 기울게 해 늘 푸른빛인가.
바람 없는 깊은 골짜기에 호랑이가 울부짖고,
옛 터에 뜬 달은 군자의 덕까지 동요시키는구나.
한 지역의 신령한 곳이 거북점에 맞으니,
천년 동안 또한 시와 술상 보전하리.

■
1. 靑黛-짙게 푸른빛. 눈썹처럼 푸른빛.
2. 龍光-① 남의 풍채의 경칭
     ②군자의 덕을 칭찬하여 이르는 말.
3. 龜卜-거북 등껍질을 태워 길흉을 판단하는 점.

次崔潤馨 蠢庵韻 長城 東化面 南山里
-최윤형의 준암 차운하다

壯年素志在蒼生, 寄跡書巢已老成.
黃鶴先題鸚鵡句, 東山自足草堂情.
歌行小嶺雲常白, 嘯罷深林月又明.
湖水盤龍蠢欲起, 春窓細雨頌嘉名.

장년이 되니 본디 창생에 뜻이 있어,
집에 있는 기이한 행적을 적은 책에 이미 익숙하게 되었구나.
황학은 먼저 앵무구의 제목이 되고,
동산[1]은 스스로 초당의 정에 족하네.
늘 흰구름이 떠있는 작은 고개를 노래 부르며 가니,
울부짖는 소리 그친 깊은 숲에는 달이 또한 밝구나.
호수에 살고 있다는 용 꿈틀거려 일어나려 하니,
봄빛이 가득한 창을 두드리는 가는 비는 아름다운 이름 칭송하
네.

1. 東山은 人名, 趙汸, 查繼佐, 未詳孰是.

次 房應疇 回甲韻 長城郡 北下面 藥水里
-방응주 회갑운

門上懸弧昔此年, 今朝又設祝禧筵.
斑衣影爛春生戶, 鼓瑟聲高日麗天.
玄鶴客從華表至, 碧桃人自海西傳.
岡陵不老江湖大, 斗酒中堂[1]競壽賢.

여러 해 전에 문 위에 나무 활 달아 놓았는데,
오늘 아침 축하 잔치 다시 베풀었구나.
때때옷 그림자 휘황해 봄빛은 집에서 나고,
비파 타는 소리 높고 해는 하늘에 곱네.
손님을 좇아온 검은 학은 화표[2]에 이르렀고,
해서에서 온 사람이 푸른 복숭아를 널리 퍼뜨렸네.
강릉[3]은 늙지 않고 강호는 크니,
재상은 말술로 어질게 오래 사는 것을 좇는구나.

■
1. 中堂-재상을 달리 부르는 말.
2. 華表-爲政者에 대한 불평등을 백성에게 기록하게 하기위해 도로에 세
   워 두던 나무. 墓所 앞의 門.
3. 岡陵-언덕이나 작은 산.

次車相鎭回甲韻 長城 長城面 白鷄里
-차상진 회갑운을 차운하다

晬札飛來正吉辰, 東鄰喚起又西隣.
朗陵胡福庭游子, 絳縣休徵洞有人.
白日鼓簧金葉[1]暖, 六旬盈篝鐵花[2]新.
斗南鐘氣[3]遙懸想, 到得何時一見親.

회갑편지 날아오니 정말 좋은 날이라,
동쪽이웃 부르고 또 서쪽이웃 부르네.
낭릉의 큰 복이라 뜰에는 자식 놀고,
강현은 아름답고 빛나며 마을에는 사람 있구나.
대낮에 생황 부니 금엽은 따뜻하고,
육순에 샘가지 가득하니 철화는 새롭구나.
북두 남쪽 정기 뭉쳐 멀리 생각하니,
어느 때 와서 한 번 어버이 볼까.

■
1. 金葉-생황 대롱 아래 끝에 붙여 떨어 울리게 하는, 백동으로 만든 서.
2. 鐵花- 굳센 후손.
3. 鐘氣-精氣가 한데 뭉침.

襃忠祠 薇菊稧韻 丙子 秋
－포충사 미국계운

飛箋雅會似傾城[1], 盡是書生氣不平.
舊戀淸霄依斗老, 詩聲落日下江兵.
野禾年熟人相樂, 庭樹秋閒鳥不驚.
酌罷社樽回首立, 黃花籬畔可歸耕.

좋은 모임의 편지 날아오니 성을 기울일 만한데,
서생의 기분은 편치 않구나.
옛 사랑은 맑은 밤 북두에 의지한 늙은이요,
지는 해에 강으로 내려온 병사는 시를 읊네.
들의 벼는 익어 사람들은 서로 즐거워하고,
가을날 뜰의 나무는 한가하니 새도 놀라지 않네.
모인 술자리 마치고 머리 돌아보며 서니,
울타리를 따라 핀 국화꽃은 경작할 만하네.

■
1. 傾城-城을 기울이고 나라를 亡하게 함. 요염한 絶世의 미인. 썩 뛰어난
글.

影堂講堂 脩鄉社稧 丁丑 三月 十六日 講堂卽感興齋
-영당강당에서 향사계를 함. 강당은 곧 감흥재이다

大地高樓聳碧霄, 一邊笑語一邊謠.
東山雨歇鶯初滑, 古社風微鷰自嬌.
滿壑祇林[1]經昔日, 隔簾講樹[2]又今朝.
影堂祠屋長隣近, 齊拜斜陽感興饒.

넓은 땅의 높은 누각은 푸른 하늘에 솟았으니,
한쪽에서 웃으며 얘기하고 한쪽에서는 노래하네.
동산에 비 그치자 꾀꼬리의 첫 울음소리 매끄럽고,
옛 향사에는 바람이 솔솔 부니 제비는 스스로 요염해지네.
골짜기 가득한 지림은 옛날을 지냈고,
발을 사이에 둔 강단은 오늘 열었네.
영당사 집은 인근에서 머니,
해질녘에 단정히 인사하니 감흥이 풍요롭구나.

■
1. 祇林-祇園精舍의 숲이란 뜻으로 절을 말함.
2. 講樹-杏林. 講壇.

丁潤秀家 修鄕社稧 丁丑 十月 十六日
-정윤수 집에서 향사계를 하다

鴈賓時適下西湖, 自愧凡禽此地俱.
縱有淸詞歌晚竹, 且因深睡據長梧.
溪峰垰屼[1]抽寒釼, 野水淙潺瀉玉壺.
那負江南樽酒約, 霜天夜赴以書呼.

때마침 기러기손님이 서호에 앉으니,
보통 새가 이 땅에서 함께함이 스스로 부끄럽구나.
비록 맑은 시문 있다 해도 늙은 대나무를 노래하고,
긴 책상에 기대어 깊은 잠에 드네.
위험스레 비탈진 산골짜기를 얼어붙은 칼을 뽑아들고,
들 물은 졸졸졸 옥으로 만든 술병에 쏟아지네.
어찌 강남에서 술 마실 약속 저버릴까,
서리 오는 날 밤에 와서 글로써 부르는구나.

■
1. 垰屼(율올)-硉矹. 돌이 위험스럽게 비탈진 모양.

輓菊坡丁公永振氏
－국파 정공 영진 씨를 애도하며

曾年始拜杏壇春, 超俗風儀衆人異.
上古衣冠看甚偉, 舊時顏笑想尤新.
刺血恒言邦又義, 尊經却訪是修仁.
難乎一節云誰在, 四顧鄕隣少等倫.

이른 해 행단에서 봄날에 처음 뵈옵더니,
속됨을 넘은 풍의로 중인과 달랐네.
상고의 의관 보니 심히 크고,
옛날 얼굴의 미소 생각하니 더욱 새롭구나.
혈서로 항상 나라와 의리를 말하며,
경서 존중해 문득 찾는 것은 인을 닦음일세.
어렵구나! 한 절개 누가 있다 말하랴,
고향이웃 사방 돌아봐도 비슷한 무리 적구나.

過三友亭謹次板上韻
-삼우정을 지나며 삼가 판상운을 차운하다

天築王坮地毓靈, 始敎三友起斯亭.
平泉經歲源猶大, 義竹廻春色更靑.
白酒新詩碁早罷, 疎燈黃芬[1]夢初醒.
我來無益徒爲損, 一曲壎簾暫借聽.

하늘은 왕대 쌓고 땅은 신령함 기르니,
비로소 삼우로 하여금 이 정자를 일으켰네.
평천은 해를 지나면서 수원이 가히 커지고,
의죽은 봄이 되니 빛이 더욱 푸르구나.
좋은 술 새 시로 바둑 일찍 마치고,
희미한 등불로 책을 보니 꿈 처음 깨네.
내가 와도 유익함 없고 한갓 손해만 끼치니,
한 곡조 질 나팔소리를 잠시 기대어 듣네.

---

1. 黃芬-黃籍. 書籍. 황경피로 좀을 방지 하기위해 입힌 서적.

李後松 康夏兄 晬宴韻
-이후송 경하 형 회갑연에 읊다

背郭高堂案極辰, 翠簾不動壽筵新.
斑衣侍立老萊子, 鶴髮[1]遙臨華柱人.
桐木連墻閒永日, 五湖似畵淨無塵.
山南更祝如松茂, 慶福君家積有因.

성곽 뒤쪽 높은 집은 안산[2] 북쪽인데,
푸른 발이 움직이지 않으니 수연이 새롭네
때때옷으로 모시고 선 이는 노래자요,
백발로 멀리서 온 화주인이구나.
오동은 담을 이어 한가해 날 길고,
오호는 그림 같아 깨끗해 먼지 없구나.
산남에서 솔 무성한 것 같음을 다시 축하하니,
경사와 복이 그대 집에 쌓인 연유 있구나.

---

1. 鶴髮- 높은 사람의 하얗게 센 머리컬, 노인의 백발.
2. 案山-집이나 묏자리의 맞은편에 있는 산.

過城山 次李柏菴城山 十景韻 庚辰春
-성산을 지나며 이백암 성산 십경

柏社春風-백사의 봄바람

老栢身長古社春, 春風擎盖遠迎人.
有誰高臥淸陰裏, 遙想中陽舊日隣.

늙은 잣나무 키 큰 고사의 봄에,
봄바람이 부니 소매를 들어 멀리서 사람 맞이하네.
누가 맑은 그늘 속에 높이 누워있는가,
멀리 볕 쪼이는 옛 이웃 생각하네.

竹園夜雨-죽원의 밤비

滿園脩竹掩高臺, 曾向春風小逕開.
夜枕窃聽寒雨細, 却疑瑤瑟渡湘來.

동산에 가득한 쭉 뻗은 대가 높은 누대를 가리니,
일찍이 봄바람 향해 좁은 길 열었구나.
밤에 베개 베고 가만히 찬비의 가는 소리 들으니,
문득 구슬비파 소리가 소상강 건너온 것인가 의심스럽네.

玉女朝雲-옥녀봉 아침구름

玉女峰粧立半天, 揷花歷歷水樓前.
白雲朝出因爲雨, 庶或陽坮續舊緣.

옥녀봉이 화장하고 하늘 가운데 섰으니,
꽃을 꽂은 듯 수루 앞에 또렷하네.
아침에 나온 흰구름이 비가 되니,
바라건대 양대[1]에 옛 인연을 이을까.

朗山秋月-랑산의 가을 달

朗嶽蒼蒼月正高, 皎如飛鏡暎纖毫.
垓城何夜簫聲起, 九郡當年自作豪.

낭산 푸르고 푸르러 달은 정말 높은데,
밝기가 나는 거울 같아 가는 털까지 비추는.
해하[2]성 어느 날 밤 피리소리 일어나나,
그해에 아홉 고을에서 스스로 호걸 되었네.

■
1. 陽臺-해가 잘 비치는 대. 남녀의 정교.
2. 垓下-項羽가 劉邦에게 포위당한 곳.

鷄峰落照 - 계봉의 지는 해

鷄峰落日對西門, 漸看殘紅更欲昏.
喚出魯陽三舍立, 戈頭忽返已消魂.

계봉의 해질녘 서문과 마주하니,
남았던 붉은 빛이 잠깐 보이더니 다시 어두워지려 하네.
노양[3]이 해 불러내어 삼사[4]에 서게 하니,
창머리에 홀연히 비춰 이미 혼은 사라져 버리는구나.

蟾岩暮烟 - 섬암의 저녁 안개

西有蟾村遠市朝, 暮烟如畵望中消.
茫茫草樹連空暗, 疑是浮雲擁洛橋.

서쪽에 있는 섬촌은 시장과 머니,
저문 안개 그림 같아 바라보는 사이에 사라지네.
풀과 나무 하늘에 아득하게 이어져 어두운데,
뜬구름이 낙교를 가린 것인가 의심스럽구나.

■
3. 魯陽-魯陽之戈. 魯陽公이 창으로 해를 불러 온 고사. 威勢가 堂堂함.
4. 三舍-군대가 사흘 동안 행군할 거리.

蟹嶺樵笛-해령의 나무꾼 피리소리

蟹嶺連天暮色寒, 樹間樵笛不勝殘.
爾登何日西南嶂, 能使劉皇立古灘.

하늘과 이어 있는 해령에 저무는 빛은 찬데,
나무 사이에는 나무꾼 피리소리도 남아있지를 못하네.
너는 어느 날 서남 산에 올라서,
능히 유황[5]으로 하여금 옛 여울에 서 있게 하였나.

高城靑松-고성의 푸른 솔

眼極高城萬仞山, 靑松弄影入望還.
森森千丈凌雲漢, 晉代和嶠不改顔.

눈길이 고성의 만길 산에 다다르니,
푸른 솔이 좋아하는 그림자 보고 돌아왔네.
빽빽하여 천발로 은하수 능가하니,
진나라 때 화교[6]라도 표정을 바꾸지 않는구나.

▪
5. 劉皇-한나라의 고조 유방(漢高祖 劉邦).
6. 和嶠-西晉의 名士, 돈을 좋아하는 버릇으로 늘 손으로 돈을 헤아리고
   있었다 함. 和嶠錢癖.

初作丹楓 - 첫 단풍

萬仞高城作錦山, 爲看楓葉却忘還.
殘紅稠疊爭誇色, 落日深酡玉女顔.

만길 고성이 비단 산 되니,
단풍잎 보느라 돌아오는 것을 잊었구나.
남아 있는 붉은 빛은 겹쳐져서 다투어 색 자랑하고,
지는 해에 선녀의 얼굴에 불그스런 빛이 짙어지네.

洪橋歸雁 - 홍교의 돌아오는 기러기

洪橋歸雁更成群, 舊國霜前孤客聞.
怕有帛書回首立, 遠扡暮影下冥雲.

홍교에 기러기가 무리지어 돌아오니,
적의 침공을 받기 쉬운 나라에서 세월 앞에 선 외로운 나그네는
소식을 듣네.
비단편지 있을까 머리를 돌이켜 서 있으니,
멀리서 해질녘의 그림자를 끌고 와 아득한 구름 속에 내려앉네.

金川明沙-金川의 맑은 모래

東望金川杳靄多, 明沙滿地有人過.
今宵誰唱高籌會, 誓見單于渡碧波.

동쪽 금천을 바라보니 아득한 아지랑이 많은데,
곱고 깨끗한 모래가 땅에 가득해 지나는 사람이 많네.
오늘 밤 누가 고주의 모임에서 노래 부르나
단우[7]가 푸른 물결 건넘을 맹세코 봐야지.

庚辰九月日 同牙山族叔 偉堂 大淳 槐山族叔憲淳
兩氏 往拜于南澗精舍, 舍卜大田府 東十里許 花
山下 宋尤庵書院
-경진년 구월 일에 아산의 족숙 위당[1] 대순, 괴산 족숙
헌순 두 분과 같이 남간정사에 가서 예배함. 정사는 대전
부 동쪽 십리쯤 화산 아래에 있음. 송우암서원이다.

巾襪飄蕭入澗南, 素絲[2]自愧近朱藍.
古祠參拜尤翁[3]立, 杞菊亭前水滿潭.

두건과 신발 휘날리며 시내 남쪽 精舍[4]에 들어서니,
흰 실이 쪽빛에 가까우니 절로 부끄럽네.
옛 사당에 尤庵선생 참배하고 섰으니,
杞菊亭 앞의 못에 물이 가득하구나.

■
1. 偉堂-族叔인 大淳의 號
2. 素絲-詩 召南 羔羊.
3. 尤翁-尤庵 宋時烈先生

偉堂
-위당

精舍巍然小澗南, 方塘活水碧如藍.
先生道學淵源好, 上自沙溪遡石潭.

精舍[1]는 작은 시내 남쪽에 우뚝 있는데,
네모진 못의 넓은 물은 푸르기가 쪽빛 같구나.
선생은 도학[2]과 연원[3]이 좋으니,
사계[4]로부터 석담[5]으로 거슬러 올라가네.

■
1. 精舍-학문을 가르치려고 지은 집. 學校. 塾.
2. 道學-宋代 程子, 朱子등이 주장한 性命義理의 哲學.
3. 淵源-사물의 本源.
4. 沙溪-金長生선생.
5. 石潭-栗谷 李珥先生

愼窩
-신와

爲拜先生到澗南, 滿園松檜翠如藍.
吾東道統淵源在, 上遡靜翁下石潭.

선생을 뵈려 시내 남쪽에 이르니,
뜰에 가득한 소나무 회나무 푸름이 쪽빛 같네.
우리나라 도의 전통과 연원이 있으니,
위로 정옹[1]을 거슬러 올라가고 아래로는 석담일세.

---

1. 靜翁-趙光祖.

過法藏菴 歎無窮花 寺在大田府 南十里許 食藏山
中 舊懷德郡
-법장암[1]을 지나며 무궁화를 탄식하다

仲秋望日入僧家, 緣木蒼藤挾路斜.
歇脚星壇懷古域, 童童[2]老槿滿開花.

중추 보름날 절에 들어가니,
나무를 타고 올라간 등나무가 좁은 길 비꼈구나.
칠성단에서 다리 쉬며 옛 지역 회상하니,
가지도 없는 늙은 무궁화가 꽃을 가득 피웠네.

---

1. 절은 大田府 남쪽 십리쯤 食藏山 가운데 있다. 옛날에는 懷德郡이라 함.
2. 童童-나무의 가지가 없는 모양. 왕성한 모양.

過儒城浴溫泉　泉在大田府西　大德郡　儒城面　儒城
市北　庚辰　八月日
-유성을 지나다 온천[1]에서 목욕하다

秋風客上萬年橋,　王駕峰前瑞氣浮.
步下儒城新浴立,　雲山如畵盡低頭.

가을바람에 나그네 만년교에 오르니,
왕가봉 앞에 상서로운 기운 떠있구나.
걸어 내려와 유성에서 새로 몸 씻고 섰으니,
구름 산이 그림 같아 다 머리를 숙이도다.

■
1. 온천은　大田府　서쪽　大德郡　儒城面　儒城市　북쪽에 있다.
　　庚辰年　八月　日

過新都內 庚辰九月日 同牙山大父 在哲 槐山族叔 憲淳
兩氏
-신도 안을 지나며, 아산대부 재철, 괴산족숙 헌순 두 분과 같이

聞有新都有此山, 帝峰高出白雲間.
主人不到鷄龍隱, 萬壑寥寥歲月閒.

신도에 이 산 있다고 들었더니,
제봉은 흰 구름 사이에 높이 드러났네.
주인은 오지 않고 계룡산에 숨었으니,
첩첩이 겹쳐진 깊고 큰 골짜기는 고요해 세월은 한가하네.

■
* 與李斯文基福 相和 今忠南論山郡 豆磨面 夫南里
* 拜文義先墓 墓在忠南 舊文義郡 今淸州郡 庚辰 九月日

拜文義先墓 墓在忠南 舊文義郡 今淸州郡 庚辰 九月日
　　　　同四從叔 奎淳氏 與吳秉默兄, 偕往山圖時
-문의군의 선묘[1]에 예배드리고

因事省楸[2]文義東, 一盃疏略[3]酵西風.
老峰聳翠新灘碧, 全面移來入譜中.

문의군 동쪽을 성묘하면서,
하늬바람에 취해 간단히 한 잔 하네.
솟아오른 늙은 봉우리 푸르고 새 여울도 푸른데,
전체를 옮겨와 악보에 담아보네.

■
1. 묘는 충남에 있다. 옛날 문의군이었는데 지금은 청주군이다. 경진년 구
　월 일 사종숙　규순씨와 오병묵 형과 같이 가다
2. 省楸-省墓
3. 疏略- 영성하고 간략함. 꼼꼼하지 못하고 거칠다.

拜陽城先墓 墓在京畿道 今安城郡 庚辰 九月日
-양성의 선묘[1]에 예배드리고

小車斜日下陽城, 步上梨陰始拜塋.
因感當年誠孝至, 今來自悚不多行.

해가 질 때 작은 수레로 양성에 내려와,
걸어 배나무 그늘에 올라 비로소 무덤에 절하였네.
이 해에 정성과 효도 지극함 느끼니,
이제와 많이 다니지 못함이 진실로 죄송스럽구나.

■
1. 墓가 京畿道에 있다. 지금은 安城郡이다.

拜楊州先墓 墓在楊州郡 神道面 梧琴里 舊神穴里 辛巳
三月十日 文石 正立時.
-양주의 선묘[1]에 예배드리다

正逢寒食上楊州, 累世先阡敢告由[2].
更整欹頭因補缺, 案前三角瑞暉浮.

때마침 한식이 되어 양주에 오르니,
여러 대 선대 묘 사당에 고함을 감행하네.
아! 머리를 다시 바르게 하여 보결[3]하니,
안산 앞 삼각산에 상서로운 빛 떠있구나.

■
1. 무덤이 楊州郡 神道面 梧琴里에 있다. 옛 神穴里다.
   신사년 삼월 십일 文石 세울 때.
2. 告由-개인이나 나라에서 큰일이 생겼을 때 사당이나 神明에게 고함.
3. 補缺-빈자리를 채움. 결점을 보충함.

過咸寧殿 嘆孔雀舞
-함녕전을 지나며 공작무를 탄식하다

咸寧殿古上虛墀, 敢鞠微躬日欲移.
孔雀不知何事舞, 宮中撤樂已多時.

오래된 함녕전 빈 섬돌에 올라,
감히 미약한 몸 구부려 있으니 날이 저무려 하네.
공작은 무슨 일로 춤추는지 모르겠으니,
궁중 음악소리 그친 지 이미 오래 되었구나.

過成均館 感先大人 讀書古壁
－성균관을 지나며 선조들이 책 읽던 옛날 벽에 감동하다

升從殿廡拜平身, 降入齋堂感慨新.
憶昔先人鹽薤苦, 讀書窓壁已生塵.

큰집에 따라 올라 몸을 반듯하게 하여 절하고,
내려와 재당에 들어오니 감개가 새롭구나.
옛날 조상들이 쓴 소금풀을 먹던 일이 기억나고,
책 읽던 창문 벽에는 이미 먼지가 가득이구나.

自大田 訪完田里 克齋宋先生炳瓘宅 途中 作
　庚辰 十月日
-대전으로부터 완전리의 극재송선생 병관씨를 찾는 도중
짓다

山深洞闢有完田, 路入桑麻九曲前.
借問克翁何處在, 書聲小屋傍寒泉.

산은 깊고 마을은 궁벽한데 완전리가 있어,
앞에 아홉 굽이 뽕나무와 삼이 있는 길로 들어서니.
묻노니 극옹은 어느 곳에 있느냐?
찬물 샘 옆 작은 집에서 책 읽는 소리 있네.

自京 訪兩水里 閔參判 丹雲先生 丙承宅 途中 作
辛巳 三月日 時先生自京桂洞移住于京畿楊平郡 兩水里 龍
津別莊 永恩亭 高宗下賜
-서울로부터 양수리 민참판 단운 선생 병승 집을 찾는
도중 짓다. 신사년 삼월 일. 그때 선생이 서울 계동으로부터 경기
도 양평군 양수리 용진별장에 이주함. 영은정은 고종이 하사하다

德沼藍靑連十里, 八堂[1]劍立列重關[2].
下車遙問先生宅, 栗樹松陰兩水間.

덕소의 쪽빛 푸름이 십리에 이어졌으니,
팔당은 칼 같이 서 있어 중관을 늘어섰네.
수레에서 내려 멀리 선생 집을 물으니,
밤나무 솔 그늘 있는 양수리 사이라네.

■
1. 八堂-地名.
2. 重關-二重으로 된 관문.

永恩亭 侍丹雲先生 辛巳 三月日
- 영은정에서 단운 선생을 모시고

南來請益侍恩亭, 銀燭輝煌遶畵屛.
明道閒居春滿座, 定夫獨立雪盈庭.
言仁始覺先從孝, 論學還羞未熟經.
虛度光陰今幾許, 終宵[1]敎誨耳新惺.

남으로 와 영은정에서 모시고 다시 뵈오니,
은촛불은 휘황해 그림병풍을 에워쌓았네.
명도[2]선생 한가로우니 자리에 봄기운이 가득하고,
정부[3]는 눈이 가득한 뜰에 홀로 서 있네.
인을 말씀함에 비로소 먼저 효를 따라야함을 깨닫게 하고,
학문 논함이 도리어 경서에 정통하지 못함 부끄럽구나.
헛되게 세월을 보낸 지 이제 얼마냐.
하룻밤 사이 가르침에 귀가 새로 깨이네.

■
1. 終宵-하룻밤 사이.
2. 明道-程子
3. 定夫-蔡濟恭과 金鍾秀

大田府觀潦水 濯足而歸 時以譜事 留錦山旅館
庚辰 七月日
- 대전부 관료수에서 발을 씻고 돌아와 그때에 족보의
일로 금산여관에 머무르다

昨夜天皇醉, 狂風大雨來.
傍人勸之出, 觀了濯斯迴.

어제 밤 천황이 취해,
사나운 바람 불고 큰비 왔구나.
곁에 있는 사람에게 권하여 나가 보게 하니,
보고선 씻고 돌아왔네.

宿于京 因伴試入劇場
－서울에서 자며 동료들로 인하여 극장에 시험 삼아 들어
가다

東洋演劇場, 夜色正淒凉.
試聽僧房曲, 復讐尺釰長,

동양 연극장에,
밤빛이 정말 처량하구나.
시험 삼아 승방곡을 들으니,
한 자의 긴 칼로 복수하네.

挽恩津郡守 金公莘溪 商基 靈輀 辛巳 二月
-은진군수 김신계 상기의 상여를 잡고

漢陽昔日四門開, 自上乃下進賢勅.
孝廉文學[1]先著鄕, 訏謨經略可當國.

옛날 한양의 네 문이 열렸더니,
위로부터 아래로 어진 이를 삼가 나아오게 하였네.
효렴 문학이 먼저 고을에 나타나니,
큰 꾀로 경략하여 가히 나라를 맡기었네.

南州皐鶴動京闕, 駟騎臨門辭不得.
施諸寢廟帝曰嘉, 補外州縣民無盡.

남주의 고학이 서울 대궐 움직이니,
말 타고 문을 내려다보니 말씀을 깨닫지 못했네.
침묘에 시행하니 왕이 아름답다 말하여,
밖으로는 지방을 도와 백성들 서러움 없애주었네.

存心愛物古來語, 到底治行務恩德.
還鄕寶傘萬人頌, 遮道隆碑幾處勒.
銅章玉節佩腰疊, 錦伯當年榮耀極.
超遷[2]尙書次第後, 轉入台扉當在卽.

■
1. 孝廉文學-효도와 청렴을 주제로 한 문학.
2. 超遷-정규의 등급을 뛰어 넘다.

남을 사랑하는 마음가짐은 옛날 말인데,
다스려 행함에 흐트러짐이 없이 은덕에 힘썼었네.
고향에 돌아오니 보배일산 만인이 칭송하고,
길 막은 높은 비석은 몇 곳에 새겨졌나.
구리 빛 훈장, 옥 부절 허리에 거듭 찼고,
금산 군수의 그해 영광 지극히 빛났네.
상서로 초천한 차례 뒤,
마땅히 태비로 옮기어 나아갔구나.

如何雲路變滄海, 歸臥莘溪歌日昃.
初心不負畎畝尹, 大耋還同鼓缶奭.
千千夢外歲在已, 忽見紅旌歸遠域.
前銜從此但傳語, 舊儀將來誰有識.

어떻게 운로[3]가 창해[4]로 변하였나,
돌아와 신계에 누워 지는 해를 노래하네.
밭고랑 관개가 익숙치 않음을 탄식하지 않고,
돌아온 늙은이와 같이 질장구 크게 치네.
억만년 꿈 밖에 세월은 있는데,
붉은 깃발 보고 먼 곳에서 돌아왔구나.
앞서 머금은 말 이로부터 다만 말 전하니,
장래에 옛 의식에 대해서 알 사람이 누구리요.

斯間仍憶我先人, 澗東何年同翰墨.
相來相往綠楊村, 誰怨誰尤丹桂閾.
嗚呼執紼哭公私, 木稼寒天雲影黑.
持芻[5]古道士爭趍, 唱薤[6]何村誰不匐.

나의 조상을 사이사이 기억하니,
어느 해에 시내 동쪽에서 문필을 같이 할까.
내왕촌에 서로 내왕하다 보니,
단계의 문지방을 누가 원망하고 누가 걱정하나.
아아! 동아줄 잡고 공과 사를 위해 우니,
겨울철 나무에 내린 서리로 구름그림자 검구나.
輓章詩를 지어가지고 옛길에 선비 다투어 가니,
만가 부르는 어느 마을에서 누가 포복치 않으리오.

牛須知吉臥峽裏, 鳥亦臨喪啼墓側.
冥冥此路幾日歸, 歸視三槐親手植.

■
3. 雲路-仕官하여 顯達함. 구름이 오가는 길.
4. 滄海-넓고 큰 바다. 桑田碧海가 됨.
5. 芻蕘-자기 詩의 겸칭.
6. 唱薤-輓歌.

소는 모름지기 길함을 알아 언덕에 누웠고,
새 또한 초상에 와서 묘 곁에서 우는구나.
어둡고 어두운 이 길 몇 날에 돌아 오리요,
돌아가 삼괴를 보니 몸소 심은 것이네.

壬午春 修風詠契于棗山 朴萬熙家
-임오년 봄 풍영계를 조산 박만희 집에서 하다

梓鄕惟喜正逢春, 我亦其先此地人.
草樹全村堪入畵, 烟霞九岫更呈新.
非徒獵句尋佳境, 爲是流觴向晩濱.
多謝群賢精采注, 棗湖今日復芳隣.

고향은 오직 기쁘게 정말 봄을 만남이니,
내 또한 이곳 사람보다 먼저네.
풀과 나무 깊은 온 마을은 그림 그릴만하고,
안개 놀 짙은 아홉 산에 다시 새로운 것 보이네.
글귀 사냥 아니라도 아름다운 경치 찾고,
이에 풍류 즐기려 늦게 물가로 향하네.
여러 어진 이에게서 정채가 솟아 흐르는 것 사례하니,
오늘 조호에 향기로운 이웃 돌아왔구나.

壬午春 九溪精舍 講會韻 三月二十日
-임오년 봄에 구계정사에서 강회운

谷盡山開洽受陽, 臨溪有此一茅堂.
半天孤鳥白雲杳, 兩岸蒼苔流水凉.
橫架尺桐盈耳細, 滿箱文藻[1]入牙香.
先生去後遺風在, 付與蘭亭契事長.

골짜기 끝에 오자 볕을 듬뿍 받은 산이 열리고,
시내에 다다르니 초가집 한 채 있구나.
하늘 한가운데 외로운 새는 흰 구름 속에 아득하고,
푸른 이끼 낀 양쪽 언덕으로 흐르는 물이 서늘하네.
시렁에 걸친 거문고는 작은 소리가 귀에 가득하고,
상자에 가득한 시문은 어금니를 감미롭게 하네.
선생 돌아가신 뒤 유풍이 있으니,
난정에서 항상 일을 약속하게끔 해주었구나.

1. 文藻-文彩. 文章. 詩文 짓는 재주.

同丁璡秀 過冬栢湖 三月二十三日
-정진수와 같이 동백호를 지나며

栢湖晴景咏而歌, 向問白鷗時若何.
谷口田功耕未晚, 江邊漁事設機多.
晦翁傾耳兩聲棹, 叔度開胸千頃波.
非欲吾行觀海己, 難忘舊要與相過.

동백호 맑은 경치 읊고 노래하며,
때가 어떤가를 백구에게 물어보네.
골짜기 입구 밭을 쟁기질하는 것이 늦었지만,
강가에는 고기 잡느라 설치한 어망이 많구나.
주회옹[1]은 양쪽에서 노 젓는 소리에 귀 기울였고,
황숙도[2]는 많은 이랑의 물결에 가슴 열었었네.
내가 가서 바다 보려고 하는 것은 아니니,
옛날의 중요한 것 잊기 어려워 서로 베풀면서 지나왔네.

■
1. 晦翁-朱子.
2. 黃叔度- 黃憲. 東漢 末 洛陽人 學行, 孝廉으로 천거되었으나 나가지 않음.

251

滯雨芝山里 鄭寅佐家
-비에 막혀 지산리 정인좌 집에서

棗湖昨日喜天晴, 冬柏回程入此亭.
臨屋護山靑不老, 隔簾開野畵難形.
詩[1]心有客瞻淇竹, 霸業無人問楚萍.
此地誰知因雨宿, 大洋看盡說零丁[2].

어제 조호에 날이 화창하게 개이니,
동백호로 돌아오는 길에 이 정자에 들렀네.
시들지 않는 푸르른 산이 둘러싼 집에 오니
발이 숨긴 들판이 열리니 그림으로 형용키 어렵구나.
시심이 손님에게 있어 기오의 대를 쳐다보고,
패업은 사람 없어 초나라 부평에게 묻네.
누가 비 때문에 이곳에서 자게 될 줄 알았으랴,
큰 바다 보고 다하니 뜻을 잃었구나.

■
1. 詩-衛風 淇奧.
2. 零丁-뜻을 잃은 모양. 고독해서 도움이 없음.
   霸業-패도로 천하를 다스리는 사업. 제후의 으뜸이 되는 사업.

辛巳秋 修風詠契于李龍淵家
-신사년 가을 풍영계를 이용연 집에서 하며

老少分開上下樓, 晚來爲問昨春遊.
苔含晚綠生墻面, 菊秀輕黃對檻頭.
詩瘦無妨秋色暮, 意闌那惜歲華[1]流.
社樽洋溢堂山下, 一夜同消萬古愁.

늙은이 젊은이 나누어 위아래 누각 여니,
지난봄에 놀던 것 묻게 되었네.
계단에는 늦도록 푸르름 머금은 이끼가 나있고,
국화는 노랗게 피어 난간머리와 마주하고 있네.
시 짓는 늙은이에게 가을빛이 지는 것이 방해될 것 없고,
뜻 늦은들 어찌 세월 흐름 아까우리.
모여서 나눈 술이 당산 아래에 넘치니,
하룻밤에 만고의 시름 같이 녹였네.

■
1. 歲華-歲月, 年華, 光陰.

眉山族叔 晬筵吟
-미산 족숙 회갑잔치에 읊다

天道於公可謂公, 早孤門戶復還充.
座盈嘉客雲生北, 庭祝遐齡月出東.
第喜年來書室築, 能令後學德門從.
儒家世業人難保, 何但功名報孝終.

천지의 도리로는 공에게 공이라 이를 만한데,
젊어서 외롭던 문벌이 다시 갖추어졌네.
그름은 북쪽에 생기고 자리엔 아름다운 손님 가득하니,
오래 사는 것을 조정에서 축하하니 달은 동쪽에서 뜨는구나.
다만 근년에 서실을 지어 기쁘고,
능히 후학으로 하여금 덕문을 따르게 하네.
대대로 유가를 이어오도록 사람이 보전키 어려우니,
어찌 다만 공명으로 효도 다해 갚으리오.

壬午五月初 往棗山 與金忍齋 朴眉山 相和 三首
-임오년 오월 초에 조산에 가서 김인재, 박미산과 더불어 서로 화답하다

峽中覽物正難離, 却把榮枯付一卮.
伏櫪何憂無伯樂, 處鄕須戒共孺悲.
長楊吐絮題新賦, 老竹生枝唱古詞.
誰識吾行今有事, 重違詩令[1]做佳期.

골짜기 가운데 만물을 보니 정말 떠나기 어려운데,
문득 번영과 쇠락을 한손에 쥐고 한 잔을 주는구나.
마판[2]에 엎드리니 어찌 백락[3] 없음 걱정하며,
고향에 있으니 모름지기 유자영[4]과 함께 슬퍼함을 경계하네.
길게 늘어진 버들이 버들개지 드러낼 때 새로운 글 짓고,
늙은 대에 가지가 나니 옛 노래 부르네.
누가 알리요 내 행함에 이제 일 있음을,
시 짓자는 약속 거듭 어긴 것이 아름다운 기약이 되었구나.

山外風潮漲萬江, 二翁自若[5]對深窓.
爲文不讓絹三匹, 好辯還羞璧一雙.
多日錦囊如大斗, 老年神筆健長杠.
高才有用天應識, 少處海濱相屬缸.

■
1. 詩令-詩 짓자는 약속.
2. 마판-마굿간 바닥에 깐 널빤지. 더러운 곳이나 지저분한 곳을 말함.
3. 伯樂-말을 잘 감별하는 사람. 孫陽. 名馬가 伯樂을 만나 그 가치를 인정받는 것.
4. 孺子嬰- 後漢 최후 왕. 王莽에게 왕위를 빼앗김.

산 밖의 풍조[6]는 만강에 불었는데,
두 늙은이 침착하게 두꺼운 창문과 마주하네.
글을 위해 비단 세 필 사양치 말고,
좋은 말솜씨가 구슬 한 쌍으로 돌아오니 도리어 부끄럽구나.
여러 날 비단 주머니는 열 되들이 같고,
늙은 나이에 뛰어나게 잘 쓴 글씨는 긴 장대같이 꼿꼿하구나.
높은 재주 쓰임 있음은 하늘은 응당 알리니,
잠시 바닷가에 거하며 서로 질그릇을 붙이네.

棗峽幽深訪草廬, 桑麻數畝是安居.
山中獨有唐虞世, 案上元無楚漢書.
竹笋過墙高坐鷰, 菱花覆水款行魚.
誰知此處多佳景, 爲賀眉翁興有餘.

조협이 깊은데 초가를 찾으니,
뽕나무와 삼 몇 이랑에 편안히 지내는구나.
산중에는 고적한 태평세대 있고,
책상 위에 원래 초한의 책은 없구나.
죽순이 담장을 넘은 곳에 제비 높이 앉았고,
마름꽃 물 덮어 정성스레 고기 다니네.
이곳이 경치가 이렇게 아름다운지 누가 알리요,
미옹을 축하하니 흥겨움이 남아 있구나.

■
5. 自若-自如, 아무렇지도 않음. 침착 태연함.
6. 風潮-시대에 따라 변하는 세태. 時勢의 경향.

庚辰 十二月七日 誄晚松辛丈克喜
-경진년 십이월 칠일 만송 신극희를 애도하다

城北有精廬[1], 深居高尚志.
清標[2]雪竹堅, 峻節雲松翠.
故國醉憂心, 兩堂盡孝思.
潔身無寸瑕, 如此方純粹.

성 북쪽에 공부하는 곳 있으니,
집안에만 틀어박혀 있음도 고상한 뜻이로다.
맑은 기품은 눈 속의 대 같이 굳고,
높은 절개는 구름 속의 솔 같이 푸르구나.
고국을 근심하는 마음에 취하였고,
부모에 대한 효도의 마음을 완수했네.
몸을 깨끗이 해 한마디 티 없으니,
이와 같이 바야흐로 순수하다네.

昔年孔廟寒, 不得辭鄉事.
祭田還復尋, 籩豆如新備.

옛날 공자사당 한산하여,
고을 일 말하지 못하였고
제사 밭 도리어 다시 찾으니,
변두[3] 새로이 갖춘 것 같네.

■
1. 精廬-精舍. 학문을 가르치는 집. 學校.
2. 清標-깨끗하고 기품이 있음.
3. 籩豆-祭祀, 饗宴 時 그릇.

三綱布里閭, 勝覽修輿地[4].
秉筆盡嚴明, 賢愚知有義.

삼강윤리를 마을에 펴고,
좋은 경치를 보며 대지를 연구하네.
붓을 잡음에 힘을 다해 엄격하고 명백하도록 하니,
어질고 어리석은 이들 의리 있음 아는구나.

築室育英材, 爲人撰文字.
艮翁托歲寒[5], 松老知風自.

집 지어 영재 기르고,
사람 위해 문자 지었네.
艮翁[6]은 한겨울의 추위에 의탁하니,
늙은 소나무는 바람 절로 부는 것 아는구나.

憶昔侍孤燈, 通宵談不寐.
粥粥[7]無能爲, 津津[8]多受賜.

■
4. 輿地-수레처럼 만물을 싣고 있는 땅. 地圖. 지구 또는 대지.
5. 歲寒-설 전후 추위라는 뜻으로 몹시 추운 한겨울의 추위를 일컫는 말.
6. 艮翁-金昌淑의 호.
7. 粥粥-나약한 모양. 공경해 두려워하는 모양.
8. 津津-즙 등이 넘칠 정도로 가득한 모양. 맛이나 재미가 많은 모양.

옛날 외따로 있는 등불에서 모시던 것을 기억하니,
밤을 지내며 이야기하다 잠도 자지 않았었네.
나약해 능히 할 수 없지만,
재미있게 받은 것은 많았네.

將謂耄期膽, 奄遭辰歲至.
痛哭慰泉坮, 後承多不匱.

장차 늙어 유유자적한 기약하였는데,
문득 용의 해[9] 만났네.
통곡하며 천대(九泉)에서 위문하니,
더 좋게 뒤를 잇는 것이 없지 않구나.

---

9. 甲辰(1904), 丙辰(1916) 戊辰(1928) 庚辰(1940) 壬辰(1952) 중에서 여
   기에서는 경진년을 말함.

過鳳洞 訪丁陽泉大秀兄
-봉동을 지나며 정양천 대수 형을 방문하다

鳳老竹成林, 爲君入洞尋.
看書衣帶飭, 不負艮翁心.

봉황은 늙고 대는 숲 이루니,
그대 위해 마을에 들어와 찾았네.
책보며 옷 띠 단속하니,
간옹[1]의 마음 저버리지 않았구나.

■
1. 간옹은 田愚를 말함.

姊兄 沈淸河宜峻氏 晬宴上口號
-자형 청하 심의준 씨 회갑잔치에 구호하다

皇天爲晬卷雲開, 晚送晴光入席來.
海外誰傳千歲藕, 床頭盡醉二郎盃.
雲長理矢經三日, 子晉[1]吹簫共一坮.
壽畢寫眞塡入畵, 滿庭時節適黃梅.

황천이 회갑 위해 구름 걷고 열어주니,
늦게 갠 빛 보내며 들어와 자리에 앉네.
바다 밖에서 누가 천 년의 연꽃 전하며,
평상 앞에서 두 사내 잔에 다 취하였구나.
관운장은 화살 다스리며 삼일을 지냈고,
자진은 퉁소 불며 한 누대를 같이 하였네.
회갑잔치 마치고 사진을 그려 넣으니,
뜰에 가득한 황매를 즐기는 시절이네.

■
1. 子晉-鸞鳥를 타고 신선이 되었다는 사람.
　毛晉-明末 藏書家. 號는 潛在. 初名은 鳳苞. 또는 周靈王의 子.

理氣
-우주의 본체와 현상

理本主乎靜, 氣因得有爲.
形形盈六合, 天賦亦均施.

이치는 본래 고요함을 주관하고,
기운은 행위로 얻게 되네.
모든 모양이 육합(天地四方)에 가득하니,
하늘이 준 것을 또한 고르게 베풀었구나.

情意
-생각, 감정과 의지

由情須中節, 用意苟存誠.
邪惡易爲入, 防之如築城.

정을 행함에 모름지기 절도에 맞아야하고,
뜻을 씀에 진실로 정성을 보존함일세.
사악함은 쉽게 들어오게 되니,
이를 막으려면 성을 쌓는 것 같이 해야 한다네.

太極
-천지개벽 전의 혼돈한 상태

一本未分前, 渾淪[1]只自全.
動而生象後, 萬物正無邊.

하나의 본체가 나뉘기 전에,
혼돈에서 다만 스스로 온전하네.
움직여 만상 생긴 뒤,
만물이 정말 끝이 없는 것이네.

人道 -사람이 지켜야 하는 도리

旣得一形生, 當今萬事成.
所主惟何在, 四端與七情.

이미 한 형체 생김에,
이제 만 가지 일 이루어지네.
주장된 바는 오직 어디 있나?
사단과 칠정일세.

■
1. 渾淪-混沌, 하늘과 땅이 갈라지기 전의 상태.

心性
-마음과 성정

心廣爲家屋, 性存作主人.
修治無壞破, 永養保安全.

마음 넓기가 집 같으며,
성품 편안해 주인 닮았네.
닦고 다스려 무너져 부서짐 없게 하여,
길이 길러 안전히 보전함일세.

南塘
-남당

1.
舍在北山陽, 門臨春水光.
丹台[1]題寶鑑[2], 六老[3]錫南塘[4].

집이 북산 남쪽에 있어,
문 앞에 봄물 빛 다다랐구나.
단대에 보감 적어보니,
여섯 늙은이 남당에게 주네.

2.
築堤我里陽, 灌稻或無光.
安得源頭水, 常如鏡面塘.

둑을 내 마을 양지쪽에 쌓으니,
벼에 물댐에 혹 빛이 없네.
어찌 물의 근원을 얻어서,
항상 거울 같은 못이 될까.

■
1. 丹台-신선이 사는 궁전.
2. 寶鑑-본보기가 될 만한 것들을 적은 귀중한 책.
3. 六老-여섯 늙은이, 육순 늙은이.
4. 南塘-지은이의 호.

晬金小松駧信相一 高敞 星松釵洞
-김소송 경신 상일 회갑. 고창 성송 채동

鼓岳崢嶸[1]樂晬辰, 臘天初霽瑞暉新.
因看一世須多福, 去羨高堂又有親.
朔是三千無乃僞, 堯能百十似爲眞.
我來雖乏仙佺術, 試把松醪勸主人.

고악은 우뚝 솟아 회갑 날 즐거우니,
섣달 날씨 처음 개여 상서로운 햇빛 새롭네.
한 세상 보니 모름지기 복이 많아,
사모하는 마음으로 어버이 계시는 고당에 가니.
동방삭 삼천년은 거짓이 없고,
요임금 천세는 참말인 것 같네.
내 와도 비록 신선 재주 모자라니,
시험 삼아 솔 막걸리 잡고 주인에게 권하리.

___
1. 崢嶸-높고 험한 모양. 깊숙한 모양.

晬姜明菴佐欽 高敞 甲坪
-강명암 좌흠 회갑. 고창 갑평

天南早有極星回, 第見明翁晬席開.
東海揚塵爭獻祝, 滿顔春色醉仙盃.

새벽 하늘 남쪽 북극성 돌아와 떠있네,
명옹의 집을 보니 회갑자리 열렸네.
동해 티끌 떨치고 와서 다투어 축하드리니,
얼굴에 봄빛이 가득하여 신선 잔에 취하는구나.

過八烈碑口號
-팔열비를 지나며 구호¹하다

邦國疎於備不虞², 忍令八烈競投湖.
至今遙想當年事, 自愧人間作丈夫.

나라가 일이 있기 전 방비함에 소홀해,
팔열³로 하여금 다투어 호수에 몸 던지게 한 명령을 용서하며.
이제와 멀리 당년의 일 생각하니,
인간 세상에서 스스로 대장부라고 함이 부끄럽구나.

■
1. 口號-입속에서 읊음.
2. 不虞-일이 있기 전에 미리 헤아리지 못함.
3. 八烈碑- 강원 홍천 내촌면 물걸1리. 東倉萬歲運動

晬林鳳村炳三允京兄
-임봉촌 병삼 윤경 형 회갑(姓 號 名(諱) 字)

六十年來謹律身, 山中誰識老天眞.
蘧翁[1]進德知增化, 屈子[2]題名感錫均.
日照偕琴爭獻壽[3], 風翻列管遠迎人.
共將樽酒多歌舞, 和氣融成洞裏春.

육십 년 살아오며 조심해서 행해오고,
산중에서 천진하게 늙어감을 누가 알리요.
거옹은 다시 지식을 가르침에 덕을 더하고,
굴자는 이름 지어 두루 주니 감격했네.
해가 거문고에 비치니 너도나도 헌수[3]하고
바람은 피리에 번득여 멀리서 사람 맞이하네.
두루미 술 함께 가지고 노래하고 많은 사람이 춤을 추니,
화기가 융성해 마을이 봄이로구나.

■
1. 蘧伯玉.
2. 屈原.
3. 獻壽-長壽를 비는 술잔.

溫泉精舍十勝次韻 六峰李先生諱鍾宅 咸平
-온천정사 십승 차운. 육봉 이 선생의 휘는 종택이며 함평사람
이다

溫泉瓢飮-온천을 바가지로 마시다

林下有泉溫且淡, 飮來能使療人寒.
顔淵去後瓢猶在, 陋巷生涯自作寬.

숲 아래 샘 있어 따뜻하고 맑으니,
마시고 나면 사람들 한기 치료되네.
안연 떠난 뒤 표주박은 그대로 남았으니,
누추한 마을의 생활형편이 저절로 농사에서 멀어지게 하네.

方塘觀魚-방당의 고기 구경

方塘鑿得零丁[1]畝, 魚自洋洋任淺深.
盡日觀來人不識, 箇中相忘出湖心.

네모진 못 파서 기다란 이랑 얻으니,
고기는 넓은 바다의 얕고 깊음에 스스로를 맡기었네.
사람이 해 다하도록 보고와도 모르니,
그 가운데 서로 호수에 나갈 마음 잃어버리는구나.

■
1. 零丁-뜻을 잃은 모양. 고독해서 도움이 없음. 미아를 찾기 위해 종이에
   성명을 써서 대나무 장대 끝에 매달아 세우는 물건.

盤松聽琴-서린 솔에서 거문고 소리 듣다

百尺高松盤且大, 滿枝琴韻引風淸.
中宵獨坐聞蕭瑟, 古操寒聲却入情.

백 자나 높은 솔이 굽고 또한 커서,
거문고 운치 가득한 가지는 맑은 바람 끌어오네.
밤중에 홀로 앉아 쓸쓸함 들으니,
옛 절조 찬 소리가 문득 정에 빠지게 하는구나.

菊峰賞秋-국봉에서 가을 감상

菊立溪峰遙入望, 疎枝冷葉送秋香.
爲誰繡出金袍色, 故國山河怨恨長.

국화가 있는 시내 봉우리 멀리서 바라보니,
듬성한 가지의 차가운 잎이 가을향기를 보내네.
누가 황금 도포색 나타나게 수를 놓았나,
고국의 산하는 원한이 길구나.

砥柱臨流-지주의 물가에 다다라서

萬谷奔流石不轉, 如砥如柱鎭虛汀.
滔滔擧世臨波沒, 愛爾苔顔保晩靑.

많은 골짜기 빠르게 흘러도 돌은 구르지 않으니,
숫돌 같고 기둥 같아 빈 물가를 어루만지네.
도도한 온 세상 물결 다다라 없어지니,
너의 이끼 긴 얼굴 사랑해 늦도록 푸름 보전했네.

沙羅振衣
-사라에서 옷을 털다

一幅羅岑如畵立, 振衣往往上春暉.
東南剩得風雲意, 逸興悠悠遍欲飛.

한 폭의 비단 산이 그림같이 서 있으니,
음력 정월의 광채가 때때로 깃털을 떨치네.
동남에는 풍운의 뜻 남았으니,
일흥[2]은 멀고멀어 가서 날려고 하네.

■
2. 逸興-세속을 떠난 風流스러운 흥미.

雙溪濯足 - 쌍계에서 발을 씻다

舍下淸溪雙水合, 從容濯足遠時塵.
焉知此外世皆濁, 却歎無人來接隣.

집 아래 맑은 시내는 두 물이 합쳐지니,
조용히 발 씻으며 시대의 먼지 멀리하네.
어찌 이 밖에 세상 다 흐림을 알리요,
오히려 이웃에서 오는 사람 없음을 탄식하네.

草峰爲筆
-초봉을 붓을 삼다

草麻人去向西立, 削出孤峰獨帶春.
眼下移來如作筆, 靑天一幅寫心眞.

초마[3]한 사람이 가서 서쪽 향해 섰으니,
깎여 나온 외로운 봉우리가 홀로 봄빛을 띠었네.
눈 아래 옮겨와 붓 들면,
푸른 하늘 한 폭에 마음의 진실 베껴보네.

■
3. 草麻-御命의 글을 기초함.

磐石醉月 - 반석에서 달에 취하다

石宗平廣宜人坐, 有月來時飮一盃.
對影成三須可醉, 坐苔不用好樓坮.

돌 밑둥이 평평하고 넓어 사람 앉기 마땅하니,
달 떠오를 때 한 잔 마시네.
그림자 대하니 셋이 되어 모름지기 취할 만하니,
이끼에 앉으니 좋은 누대가 소용없구나.

飛龍看雲 - 비룡에서 구름을 보다

門對飛龍龍已去, 白雲有約不離山.
秋江寂寞從無處, 盡日孤峰獨自閒.

문이 비룡을 대하니 용은 이미 갔으니,
흰 구름은 약속 있어 산을 떠나지 않았구나.
가을 강 적막해 따를 곳 없으니,
해가 다하도록 외로운 봉우리만 홀로 한가하네.

過南山小南齋-남산의 소남재를 지나며

小山招隱卜邱林,　水石淸佳不換金.
適有六翁繼集刊,　爲聞經紀也來尋.

작은 산이 은자 불러 언덕 숲에 복거[4]하니,
물과 돌이 맑고 아름다워 돈과 바꾸지 않네.
마침 여섯 늙은이 있어 이어 책 내니,
경기[5]를 듣고 또한 와서 찾는구나.

■
4. 卜居-살만한 곳을 가려 정함.
5. 經紀-紀綱.

前秘書院 秘書監承 龜澗金先生鍾瑄 靈筵下
-전 비서원 비서감승 구간 김선생 종관의 영좌 아래에서

三角拄天東澗回 淑氣臨門因鍾出
才華曲江可採蓮 風貌[1]楊州宜滿橘

삼각산 하늘 버티고 동쪽 시내는 도니,
맑은 기운 문에 다다르자 종소리 나네.
재주 화려해 굽은 강에서 연꽃 캘 만하고,
풍채는 양주의 노란 귤을 가득히 하였네.

經明行修試赴擧 桂花高坮擢第一
弘文侍讀款接筵 內翰承恩親授筆

경서 밝고 행실 닦아 과거에 나아가니,
계수나무 꽃 높은 집에 제일로 뽑혔었네.
홍문관 시독으로 정성스런 주인으로 대우받고,
내한[2]으로 은혜 받아 친히 붓을 주셨네.

銀坮百尺步陞階 有旨分明三品秩[3]
承宣[4]敎化四動風 對揚[5]王休三接日

■
1. 風貌-풍채와 용모. 겉모습.
2. 內翰-翰林學士. 文筆을 맡아 參議, 諫諍하는 職.
3. 品秩-品階. 職品과 官階.
4. 承宣-李朝 末의 官職. 宮內府에 속하며 정치적 권세는 없음.
5. 對揚-임금의 명령에 답하여 그 뜻을 천하에 알림.

은대[6] 백 척을 걸어서 계단 오르니,
분명히 삼품계의 뜻 있었네.
승선원[7] 가르침은 사방에 바람을 일으켰고,
임금의 뜻을 천하에 알리고 삼일을 잇달아 찬미했네.

邊雲入塞日又食, 淚進疏章[8]天可質.
龐[9]歸鹿門豈欲隱, 汲退淮陽非有疾.

변방구름 변방에 들고 햇빛 또한 사라지니,
눈물로 소장 올리니 하늘이 믿었네.
방덕공은 녹문에 돌아가 어찌 숨으려고 하고,
급암은 회양에 물러나나 병 있어서가 아니네.

翩翩[10]獨轎下鄉里, 九重吾皇誰輔弼.
躬耕野外歲取十, 北望天涯星有七

편편히 가마로 향리에 내려오니,
구중궁궐 우리 임금 뉘 보필하리.
몸소 들에서 밭 갈기 세월 십년이니,
북쪽하늘 바라보니 별 일곱 있네.

■
6. 銀臺-李朝 때 承政院의 별칭.
7. 承宣院-高宗31년에 承政院을 고친 이름. 다음 해에 秘書監으로 다시
   고침.
8. 疏章 -임금에게 올리는 글

江湖一念丙寅後, 寧入黃泉安且吉.
巡能欲遂厲鬼滅, 賈亦無忘王處失.

병인년 후에 강호에 들어 한결같은 생각은,
차라리 황천에 드는 것이 편안하고 길한 것일세.
순은 이루고자 하니 사나운 귀신 없어지고,
가[11] 또한 왕 계신 곳 잊음이 없었네.

應知此夜訪先主[12], 奏對人間今事實.
崩頹古堞走狐狸, 寂寞行宮鳴蟋蟀.

응당 이 밤에 선주를 찾음을 아니,
인간세상에 지금의 사실 아뢰었네.
옛 성첩 무너져 여우와 이리 달리고,
적막한 궁전에 귀뚜라미 우네.

幽窓又對我先人[13], 倘說前宵攻苦[14]室.
東山草堂共薤鹽, 中學居齋[15]同卷帙.

어두운 창에서 또 우리 선인을 대하니,
아마 지난밤 열심히 공부한 집을 말하는구나.
동산 초당에서 부추나물 소금 함께 하고,
중학 거재에서 책을 같이 하였네.

空樑忽憶月微明, 寢門長號夜蕭瑟.
泉坮且莫問家事, 德郎[16]賢明能繼述[17].

빈 대들보에 걸린 달이 희미하게 밝음 기억하니,
침문에서 길게 부르짖으니 밤은 쓸쓸하네.
천대(九泉)에서 또한 집안일 묻지 말라,
덕랑이 현명하여 조상의 뜻과 사업 이어 가리라.

13. 先人-祖上. 古人. 옛날의 賢人.
14. 攻苦-학문, 기술 등을 열심히 공부함. 몹시 고민함, 고생함.
15. 居齋-成均館, 四學, 鄕校에 묵으면서 학업을 닦는 일.
16. 德郎-德 있는 사내.
17. 繼述-조상의 뜻과 사업을 이음.

入雉山 講甲契 甲申 四月 十五日
-치산에 들어가 갑계를 강론하다 갑신년 사월 십오일

甲少意中人, 初聞兩水隣.
醉兄淸趣足, 後伯義心新.
晝永天無際, 宵深月有輪.
靑鷄吾以降, 六十度良辰.

갑계는 마음을 같이 하는 모임이나,
처음으로 양수리가 이웃인 줄 들었네.
취한 형의 맑은 풍취 족하고,
뒤에 나타난 의로운 마음 새롭구나.
낮은 길어 하늘은 가히 없고,
밤은 깊어 달은 둥그네.
아직 알을 낳지 않은 닭을 내가 하사하니,
예순은 기쁜 길일의 때이구나.

甲申 九月 二十七日
-갑신년 구월 이십칠일

有莢以知旬, 起迎山外巾.
情深因語細, 別久且看頻.
木落寒鴉堞, 苔生老鶴濱.
參同云壽考[1], 旨訣願相遵.

명협[2]이 있으니 세월을 알고,
일어나 산을 마중하니 책상자도 멀어지네.
정이 깊으니 말은 적어지고,
길었던 이별이라 자주 보려고 하네.
나뭇잎은 찬 까마귀 앉은 성첩에 떨어지고.
이끼는 늙은 학 있는 물가에 나있구나.
함께 한 이들이 오래 살라 하니,
지취의 비결은 서로 따르길 원하는구나.

---

1. 壽考-오래 살음.考는 老의 뜻.
2. 蓂莢-堯代에 난 瑞草 이름. 달력 풀. 책력 풀. 초하룻날부터 보름까지
   한 잎씩 났다가 열엿새부터 한 잎씩 떨어져 그믐에는 다 떨어져 버리고,
   작은 달에는 마지막 잎이 시들기만 한다는 풀.

甲申九月三十日修風咏契于修道菴
-갑신년 구월 삼십일 풍영계를 수도암에서 하며

半以西來半以東, 又携南北稧斯同.
爲徒縱乏三千學, 救世將存萬一功.
緣壁飛泉寒碎雪, 滿山黃葉夜吟風.
道菴秋色堪如畵, 强望疎燈咏未窮.

반은 서쪽에서 오고 반은 동쪽에서 오니,
또한 남북을 이끌어 계를 같이 하네.
따르는 무리가 비록 삼천은 안되지만,
세상 구함 장차 만일의 공이 있구나.
절벽에서 내려오는 폭포는 차서 눈을 부수고,
산에 가득한 낙엽은 밤에 바람 읊는구나.
수도암 가을빛이 그림 같으니,
애써 멀어진 등불 바라보며 읊기를 중단하지 않네.

謹次姜松坡丈永熙氏 還婚禮韻
－삼가 송파 강어른 영희 씨 환혼례운을 차운하다

晬年已過又婚年, 百子屛高頌賀連.
白首重逢今日牢, 靑衫再拂舊時天.
華光自是鄕隣照, 好事人爭畵幅傳.
踰甲回婚難竝二, 松翁惟有得其全.

회갑년 이미 지내고 또 회혼년 맞이하니,
병풍 높이 세우고 여러 자식들의 축하 이어졌구나.
흰 머리는 오늘에 굳건히 거듭 만나고
푸른 적삼은 옛날의 하늘에 다시 떨치네.
화려한 빛은 절로 고향이웃 비추고,
좋은 일에 사람들이 다투어 화폭[1] 전하는구나.
회갑 넘겨 회혼[2]은 둘 다 하기 어려운데,
송파옹은 오직 그 온전함 얻었구나.

■
1. 畵幅-그림 그려진 족자.
2. 回婚-偕老하는 夫婦가 혼인한 지 六十 週年을 축하하는 기념잔치.

<附 錄>

[附錄 1]

<先考 春石府君 遺事>*

府君의 諱는 昌淳이요, 字는 文現이며, 號는 春石이니 咸陽에
서 系出하였다. 高麗朝 禮部尚書 諱 善이 처음 族譜의 조상이 된
다.

네 번 전하여 諱 臣樊는 凝川君에 봉해져 시호諡號는 忠質이고
낳은 諱 六之는 分派의 조상이 되었고, 넷째 諱 之秀는 密直副使
며, 다섯 번 전하여 諱 習은 本朝에 들어와 벼슬이 兵曹判書로
삼각산이 무너져도 의리가 없어지지 않았으니, 곧 太宗 禊帖1)에
詩를 下賜하였고, 세 번 전하여 諱 仲儉은 吏曹判이며, 낳은 諱
三世는 分派의 조상이 되었다.

첫 번째 諱 世榮은 號가 九堂으로 左贊成을 지냈으며, 일찍이
全州에서 判官을 지낼 때에 府尹 李晦齋선생 彦迪公과 道義로
敬重2)하였다.

세 번 전하여 諱 由精은 號가 節齋며 司果3)로 壬辰년 金鶴峯
誠一이 巡邊使 申砬에게 천거하여 馑川에서 순국한 일이 소문나
兵曹參議을 追贈하고 旌閭4)를 명받았으며, 낳은 諱 孝亨의 號는
慕齋며 將仕郞5)을 지냈고, 遺腹으로써 六歲에 追喪6)한 일이 일
이 소문나 敎官에 追贈되었고, 旌閭를 명받았고, 낳은 諱 尙煥은

---

* 남당 박동찬 공이 父親이신 朴昌淳 公에 대해 쓴 글이다.
1) 蘭亭帖의 異名.
2) 공경하여 어렵게 여김.
3) 五衛에 두었던 正六品軍職.
4) 旌門을 세워 表彰함.
5) 從九品 東班 文官에게 주던 품계.
6) 三年喪을 함.

號가 退辭亭으로 벼슬이 副護軍이다.

　肅宗朝에 黨派가 싫어 南下하여 靈光 九十九峯 아래에 띠 집 수 칸을 짓고서, 흰 구름에 눕고 밝은 달을 희롱하며 글을 짓고선, 세상을 마쳤으니, 세상에서 元祐完人이라 일컬었으니, 府君에게는 七世祖이다.

　高祖의 諱는 懽이니 左承旨를 지냈고, 曾祖의 諱는 顯德이니 戶參을 追贈 받았으며, 祖의 諱는 載瑩으로 同中樞였으며, 考의 諱는 泰錫으로 號는 南湖며 敎官을 지냈으며, 詩賦와 論策에 능하여 여러 번 과거장에 들어갔으며, 돌아와선 성리학으로써 專心하고 後進들을 가르쳤다.

　妣는 令人[7]으로 坡平 尹氏며, 妣의 考는 諱가 夔鎭이며, 吏參을 지냈다.

　高宗 甲子二月 二十四日 午時에 府君을 南竹大里 집에서 낳으니, 體容이 健雅하고 志節이 높았으며, 일곱 살에 학교에 들어갔고, 열여섯에 經史[8]와 子集[9]에 淹貫[10]하고, 열일곱에 秋圍[11]에 들어 원고를 과거장 가운데 던졌으나 잘못되어 臺 아래에 들어가니 이에 깨달아 말하길 원고를 멀리 던져 미치지 못하는 것보다는 講書를 직접 하는 것보다 못하다 하고 돌아와 다시 경서를 다스렸다. 金承旨 鍾瑄氏와 金恩津 商基氏 여러 公들과 더불어 스승을 같이 하였다.

　甲申년 가을 本道伯 金聲根이 試士[12]함에 [鞫有黃華][13]의 賦

---

7) 文武官 宗親 아내의 封爵.
8) 經書와 歷史.
9) 諸子集註.
10) 널리 통함.
11) 가을에 보는 과거 시험.
12) 선비를 시험함.
13) 禮記月令篇-季秋之月에 국화가 노랗게 핀다.

로써 하자 가을의 德은 金14)에 속하여, 여러 꽃이 피어 노란 국화가 되었고, 六陰15)을 포함하여 기운을 성하고, 五土(中)를 형상하여 正色이라고 答案하여 三中16)으로써 채워졌으며, 또한 書經의 尙桓桓(威武貌) 같이 바라건대 상나라 교외에서 용맹하기 범 같고 비휴 같으며17) 또한 榜目18)에 보였고, 丁亥 가을에 李憲稙이 선비를 시험함에 [九月 授衣]의 賦로써 하니

　　　中於四而第九-사계절에 맞고 구월이니
　　　豈曰無乎備衣-어찌 옷 갖춤이 없다고 하랴.
　　　星一躔而霄虛 -火星이 한번 기울면 하늘이 비고
　　　蠶百繰而春靑-누에 쳐 백번 실 뽑으니 봄은 한창이네

라고 답안하여 次上으로 채워졌으며, 또한 詩經의 南有樛木19) 葛藟纍之(칡덩굴 칭칭 감았네)와 강의에 부응하여 또한 參榜이 되었고, 또한 辛卯년 가을에 閔正植의 試士에 [盖麟云]의 賦로써 하니 상서로움의 나옴 또한 항상 하지 않으니, 대개 기린 있으면 기린이라 한다.

　軒囿에 노닐면 역사에 전해지니, 魯郊에서 나와서 사람이 물었다라고 答案하여 次上으로 채워졌고, 또한 講目20) 單帖21)은 이제는 볼 수 없어도 또한 參榜이 되어서 사람들이 여러 번 初試

---

14) 五行의 金.
15) 子爲一 陽, 丑爲二陰… 亥是六陰.
16) 詩文을 評하는 等級 中 둘째. 三上, 三中, 三下.
17) 書- 牧誓. 史記 周本紀-… 如豻如離,
　-孟子의 천하의 넓은 집에 산다는 강의에 부응하여
18) 과거 급제자의 姓名을 적은 책.
19) 남쪽에 굽어 늘어진 나무.
20) 講讀하는 經典의 名目.
21) 엷은 문서.

를 지났으나 末梢22)은 어떠한가는 알지 못한다 말하니 젊은 時
節에 한번 얼마 안 되는 동안 승부 던져 빨리 과거에 응하는 것
만 못하리다하니 답하여 말하길 家力의 넉넉지 못함이 아니라,
또한 내가 이와 같은 것은 믿지 못함인즉 무슨 필요가 있으리
오.

이에 사년 동안 書齋에 있으며 會試를 기다렸더니, 하루는 꿈
이 악하여 卽日23)에 啓行24)하여 내려오니, 과연 令人25)尹氏가
병이 심하여 베개머리에서 떠나지 않고 모시다가 마침내 巨創26)
을 만나게 되어, 비록 큰 눈이 오고 폭우라도, 밤을 틈타 묘에
올라가 마음을 다하고 새벽에 거닐어 내려오니 때는 壬辰년 正
月日 이다.

族叔 承宣公 始淳氏가 書狀 끝에 위로하여 말하길 哀27)의 下
去28) 뒤 삼일에 春到記29)에 응하여서 이 사이가 좋은 기회니
번거롭다고 말하지 말아라. 또한 哀의 身數30)를 이어니 어찌 하
리요. 服闋31)을 기다릴 것이라.

불행하게 癸巳년에 先妣께서 돌아가시고 또 甲午년에 科學를
철폐하니 府君의 一生 心事가 이미 떠났으니, 痛恨이 끝이 없음
이라.

---

22) 끝.
23) 바로 그날.
24) 여정에 오름.
25) 文武官 宗親 아내의 封爵.
26) 큰일.
27) 喪中.
28) 아래로 내려감.
29) 成均館과 私學에서 공부하는 儒生들이 출석일수를 채운 뒤 봄에 보던 시
  험, 아침저녁 두 끼를 1到로 하여 50到가 되면 자격이 주어졌음.
30) 사람 운수.
31) 喪禮를 마침.

閔輔國 泳煥氏 글로써 위로하여 말하길 사사로움 없이 發揚32)
하는 것은 봄이며,군고 강하여 굽히지 않는 것은 돌이다 하니 애
석하구나! 春石이여! 이런 存養33)있으며, 不食其報34)의 힘을 입
어 잘됨이 없는가. 곧 天荒35)하여 그런 것인가. 뒤에 여러 번
敎官으로써 천거하였다.

金輔國 宗漢氏 또한 府君에게 편지하여 壬癸 두 해를 지남으
로부터 스스로 身數가 시대에 불리함을 알고 끝내 일어나지 않
았다.

봄에 東匪36)가 煽亂37)하여 府君에게 이르길 자기들을 배척하
는 무리라 하여 몸소 무거운 毒을 경험케 되어 松耳島에 들어가
서 난리가 끝난 뒤에 돌아왔다.

힘써 농사짓는 것으로 幹蠱38)하여 本分의 일을 삼아 아침에
나가서 밭 갈고, 밤에 돌아와 가르쳐, 不肖들을 無狀39)을 열어
주었으나 끝내 伊蒿40)가 되어 罪가 實로 罔極하게 되었다.

戊戌년 봄에 東陽 申侯 泰寬氏가 居接41)을 설치하여 本校 齋
任42)을 가리려 시험하여 孟子의 易之論43)을 善用하고, 鄕中知
舊44)가 相招以戱45)로 當選되어 倅46)에게 말하길 이 고을은 본

32) 피어남.
33) 本心을 잃지 않도록 착한 성품을 기름.
34) 祖考의 숨은 덕(蔭德).
35) 천지가 미개함.
36) 東學敎徒.
37) 소란을 일으켜 부추김.
38) 자식이 부친의 뜻을 계승함.
39) 善行이 없음, 예절이 없음.
40) 詩經 蓼莪篇- 蓼蓼者莪 匪我伊蒿. 부모를 실망시킴.
41) 잠시 한때 거주함.
42) 四學, 成均館, 鄕校에 寄宿하던 儒生. 居齋儒生任員.
43) 易地思之-입장을 바꾸어 생각함, 以羊代之.
44) 고을의 친구.
45) 서로 불러 장난함.

디 바다 모퉁이로 聲敎47)가 멀고 아득하여 더욱 甲午년을 지난
뒤 윤리가 막힘이 이에 이르렀으니 원컨대 明府는 첫째로 孝로
서 다스림이 어떻겠습니까 하니, 侯가 말하길 옳다 하니 이에 孝
經, 小學 두 책으로써 강론하여 頹俗을 교화하니 儒風이 한때에
크게 변하였다.

九世祖는 敎官으로 公의 墓는 陽城 金谷面 乙坐 언덕에 있어
서 振威에 사는 李 兵使 容俊가 犯葬48)하자, 癸卯년 봄에 서울
에 올라가 閔承旨 泳晚氏와 金參判 錫圭氏에게 말하여 편지를
陽城에 내리니 倅 李重喆 氏가 하루도 안 되어 파갈 것을 督
促49)하고 祭田을 두고서 내려왔다.

甲辰년 봄에 海平尹侯 冑榮 씨가 鄕約을 설치하여 鄕長으로서
맡기니 어쩔 수 없이 삼년을 하니 鄕俗이 회복될 수 있었다.

庚戌년에 새 조약이 이루어지자 이에 마음을 石西別庄으로 거
두고, 經文을 講考50)하고 性理學를 探索하며 날로 벗들과 酬唱
하고 後進들을 訓迪51)하여 林樊52)의 計劃을 하였으나 하늘이
해를 빌려주지 않아 戊午년 시월 이십일 午時에 正寢53)에서 考
終54)하니 享年 오십 다섯이라. 南竹面 北鍾山 아래 內洞 왼쪽
기슭 壬坐의 언덕에 葬事하였다.

아아! 서울에 있은 지 十一年 동안 宰相의 집과 山林의 문에
나아가고 물러남에 더하기를 청한 것이 많이 있고, 남과 더불어

---

46) 군수.
47) 임금이 백성을 감화하는 덕.
48) 남의 葬地에 장사지냄.
49) 재촉함.
50) 강론하며 고찰함.
51) 가르쳐 引導함.
52) 숲에 울타리 침-隱居함.
53) 몸체의 방.
54) 命대로 죽음.

말한 것이 저녁이 다해도 津津[55]하니 不肖가 눈뜨고도 무슨 일인지 모르고 마주치니 진실로 千古의 죄이다. 痛恨을 어찌 하겠는가.

配는 令人으로 全義氏 良簡公 壽男의 後孫이며, 考의 諱는 根龍으로 성품이 寬裕하고 靜重하고 孝惠하며 또한 따뜻하여 일찍이 한마디도 비배[56]함을 아이들과 婢僕 사이에 하지 않아 家室에 마땅하고 宗黨에서 칭송하니 賦[57]가 어찌했든 풍부하고, 嗇[58]하고 또한 검소하였다.

癸巳년 십일월 이십 일 亥時에 早世[59]하니 그때의 나이가 삼십사라.

墓는 오른쪽에 合祔하였고, 二男 二女을 낳았으니, 東贊은 곧 不肖요, 東娃는 靑松 沈氏 宜峻, 全州 李恭信의 사위요, 繼配는 令人으로 靈城 丁氏 校理 璿의 后裔이며, 考의 諱는 杞秀이다.

하늘이 낸 孝義로 세상에 혹 낳은 바의 자식에게만 宿食[60]함이 있다하나, 비록 忙極[61]하여 하나의 일이 없어도 가서 도우고, 하나 같이 不肖의 집에 의지하였으니, 鄕黨이 모두 칭찬하였다. 二男一女를 낳았으니 東玉이며, 東河는 全州 李文龍의 사위다. 손자들은 다 싣지 않는다.

아아! 사람의 자식 된 자가 그 아버지의 앞의 일을 비록 미세하여도 追記[62]하여 立言家[63]에게 청하여 나타내어 冥途[64]를 위

---

55) 가득 차 있음.
56) 鄙倍-마음이 야비하고 도리에 어긋남.
57) 타고 남, 주어짐.
58) 아낌.
59) 젊어서 죽음.
60) 寢食-재우고 먹임.
61) 아주 바쁨.
62) 本文에 追加하여 적음.
63) 後世에 模範이 될 만한 사람, 意見을 發表할 사람.

로하는 것이 진실로 자식의 직분이리다.

　不肖가 蒙昧하여 逡巡65)하고 未果66)하여 지금의 세상의 쇠퇴함을 당하여 다만 몇 줄의 글을 기록하여 家庭의 遺事를 오래 보전 하고자한다 이를 따름이다.

---

64) 저승세계. 黃泉.
65) 우물쭈물함.
66) 과감치 못함.

[附錄 2]

鞠有黃華[1]賦*
<菊花는 노란 꽃이 핀다는 賦>

鞠衣薦夫上帝	鞠衣[2]는 대저 上帝에게 받치는 것[3],
祈暮春則黃桑	暮春 되어 기원할 적에 黃桑服을 사용한다[4].
應兌維而稟姿	兌維[5]에 상응하여 자태를 품부 받고,
象坤裳而吐穎	坤裳[6]을 본떠서 꽃잎을 토한다.
黃黃者兮彼華	노랗고 노란 저 꽃은,
是月也而獨有	이 달에만 오직 있다.
特可驗夫陰氣	이에 陰氣를 징험할 수 있으니,
表以出之正葩	이를 드러내어 正葩[7]에 기록했다.

---

* 본관은 함양으로 영광에 거주하고 있던 南唐의 父親, 朴昌淳 公의 甲申年(21 세)의 科試 答案이다.
1) 鞠有黃華: 『禮記』「月令」<季秋之月>에 나오는 말로 鞠은 菊과 통함. <국화 는 노란 꽃이 핀다.>는 뜻임.
2) 鞠衣: 고대 王后의 六服 중의 하나. 그 색깔은 뽕잎이 처음 피어날 때와 같 은 노란색을 본떴으므로 일명 黃桑服이라고도 하며 王后가 친히 누에를 칠 때에 입는 옷이라 함.
3) 『禮記』「月令」<季春之月>에 <이 달에는 天子가 先帝에게 鞠衣를 받친다. (是月也 天子乃薦鞠衣於先帝)>고 하였음. 『禮記』에는 <先帝>로 되어있는데 원문에는 <上帝>로 되어있음.
4) 暮春(季春之月)에 先帝에게 鞠衣(黃桑服)를 받치는 것은 장차 養蠶할 적에 누에가 아무 탈 없이 잘 자라도록 先帝에게 도움을 기원하는 의식임.
5) 兌維: 兌는 卦 이름이고 維는 방위를 나타내는 말인데 兌維가 방위로는 서 쪽을 의미하고 계절로는 가을에 속하니 국화가 가을에 피는 것을 비유한 것임.
6) 坤裳: 乾衣坤裳에서 유래한 말로 坤은 땅을 나타내고 땅은 황색이니 노란 치마라는 뜻임.
7) 正葩: 詩經을 지칭함. 韓愈의 「進學解」에 <詩 正而葩>란 말이 있음.

秋之德也屬金	가을의 德은 五行 중에 金에 속하니,
發諸華爲黃鞠	이것이 꽃잎에 발하여 노란 국화 되었다.
包六陰而盛氣	여섯 陰氣를 내포하여 기운이 성대하고,
象五土而正色	숫자 五인 오행 土를 본떠서 빛깔이 中正하다.
流金精而黃熟	金의 精氣 유동하여 만물이 누렇게 익으니,
先得秋者惟麥	제일 먼저 가을을 만나는 것은 오직 보리이다.
按月令而季秋	『禮記』「月令」의 <季秋之月>을 살펴보니,
彼草木則黃落	저 草木들이 누렇게 변해 떨어진다고 하였다.
山桂紫而風飄	자줏빛 山桂도 바람에 흩날리고,
谷蘭靑而霜委	푸르던 谷蘭도 서리에 시들어진다.
黃茂斂以五穀	파종한 좋은 곡식8) 五穀을 수확하고,
降蓐收於西郊	서쪽의 교외에는 蓐收9)가 강림한다.
披花譜而曰鞠	花譜를 펼쳐보면 이르기를 국화는,
語其色則有五	그 색깔이 다섯 가지라 하였다.
金絲紅而曷論	金絲 같은 붉은 국화 어찌 논하랴,
玉盆白而奚取	玉盆의 흰 국화도 취할 것이 전혀 없다.
維時秋之屬陰	오직 이 가을은 陰月에 속하고,
黃吾知其最貴	黃色은 내가 알기로 가장 귀한 색이다.
凌寒威於帝昊	한기의 위력은 皇帝인 少昊10)에게서 나오고,
載眞色於后土	참된 색은 地神인 后土11)에게서 받았다.
紛獨有此娇節	이와 같이 아름다운 節義를 홀로 지니어,

---

8) 원문의 <黃茂>는 『詩經』「大雅」<生民>篇 <茀厥豊草 種之黃茂>란 구절에
   나오는 말임. <黃>은 좋은 곡식을 뜻하고 <茂>는 아름다움을 뜻하는데 파
   종할 좋은 곡식을 지칭함.
9) 蓐收: 고대 전설에 나오는 西方의 神 이름으로 가을을 관장한다고 함. 『禮
   記』「月令」<孟秋之月>에 <其神蓐收>란 말이 있음.
10) 少昊: 少皞라고도 하는데 고대 전설 중의 帝王으로 號가 金天氏이고 死後
    에 西方의 神이 되었다고 함.
11) 后土: 五行의 土는 방위로는 중앙이고 색은 황색임.

窃爲人之最愛　　마침내 사람들이 가장 사랑하게 되었다.
象姤瓜而稟氣　　姤卦의 包瓜12)를 본받아 中正한 기운을 받았고,
並剝果而含蘂　　剝卦의 碩果13)와 나란히 꽃술을 머금었다.
黃花看以晚節　　黃花는 만년의 절개를 보겠으니,
獨一春於芳菲　　홀로 봄날처럼 향기를 발한다.
方秩序之屆陰　　계절의 차례가 陰月에 이르러,
以盛德之在金　　성대한 덕이 金氣에 있다.
黃華入於記時　　黃華가 그 시절을 만나면,
特秋氣之妍艷　　유달리 가을 기운이 농염하다.
微霜降而晚軚　　엷은 서리가 내려 줄기는 노쇠해지고,
夕露薄而淡香　　저녁 이슬이 맺혀 향기는 담담하다.
桃之紅與桐白　　붉은 복숭아 꽃 흰 동백 꽃은,
不言色于華芳　　국화 앞에서 美色을 논할 수 없다.
噓葭蒼而按節　　푸른 갈대14) 불어서 절후를 살피고,
尙衣白而襲芬　　흰 옷을 숭상하여 향기가 배이도록 한다.
秋容淡於夕圃　　가을 풍경은 저녁 채소밭에 암담한데,
聽鴻鴈之來賓　　기러기 손님되어15) 날아오는 소리를 듣는다.
凋百卉而具腓　　온갖 초목 시들어 모두 병이 들었지만16),

---

12) 姤卦는 巽下乾上의 괘상으로 陰氣가 처음 생겨나는 형상임. 그 九五 爻辭
에 <구기자나무로 오이를 감싸는 것(包瓜)이니 고운 행실을 간직하면 하늘
로부터 내려지는 것이 있을 것이다.(以杞包瓜 含章 有隕自天)>라고 하였고
그 象辭에 <九五에서 고운 행실을 간직한다는 것은 中正한 것이다.(九五 含
章 中正也)>라 하였음. 이는 국화가 음기가 점점 강해지는 계절에 中正한
기운을 품부 받았음을 의미함.
13) 剝卦는 坤下艮上의 괘상으로 계절로는 9월에 속하고 그 上九 爻辭에 나오
는 碩果는 오직 하나 남아있는 陽爻를 지칭함. 이는 국화가 온갖 꽃이 모두
지고 난 후 유일하게 음기가 성한 9월에 홀로 피는 것을 비유함.
14) 원문의 <葭蒼>은 <蒹葭蒼蒼>의 준말인데 『詩經』 「秦風」 <蒹葭>편에 <蒹
葭蒼蒼 白露爲霜>이란 말이 있음.
15) 『禮記』 「月令」 <季秋之月>에 <鴻雁來賓>이란 말이 있음.

葆一色而靡渝　국화는 一色을 간직하여 변함이 없다.

三其復乎奧旨　그 깊은 뜻을 세 번 반복하여 읽었고,

一以觀夫徽軌　그 훌륭한 법도를 한결같이 보았다.

陳旣逞而可復　이미 지나간 일을 진술하여 고하니,

越若來而疇比　아!17) 이를 무엇에 비교하겠는가!

吹仁得其信然　인을 칭찬하고 그 믿음이 확실하니,

孰求美而釋汝　그 누가 아름다움을 얻을 수 있는 그대를 버리
　　　　　　　겠는가?

遊道德而平林　도덕을 따르니 천하가 고요하고

夐冥默而潛周　멀리 아련하고 고요하니 온 세상이 지극히 평온
　　　　　　　하구나

誠可觀於殷勤　진실로 다정함을 볼 수 있구나

是所履於陳敎　이것은 오직 오랜 가르침을 겪은 결과로다.

金風起兮土旺　금풍이 일어나 토기가 왕성하니,

黃之時義大矣　황색의 시대 뜻이 중대하다.

---

16) 『詩經』 「小雅」 <四月>편에 <秋日凄凄 百卉具腓>란 말이 있음.

17) 원문의 <越若來>는 『書經』 「召誥」편에 나온 말로 <越若>은 발어사이고
　　<來>는 이르다는 뜻임.

上試1) 李憲稙
副試2) 金明熙 益山倅
參試3) 申永均 鎭安倅

九月授衣 賦4) *

冬一裘而夏葛5) 겨울에는 하나의 외투로 하고 여름에는 갈옷이니
際肅霜6)而日候 된서리 올 즈음 날씨로다.
入一成而晦昏 一成7)에 들어가서는 날 어두워지고
服爲章8)而領要9) 옷 장식을 하여 중요한 것이네.
一之三而四之 一之日10)에 觱發11)하고

---

* 南唐의 父親, 朴昌淳 公의 丁亥年(24세)의 科試 答案이다.
1) 上試- 科擧 試官의 우두머리 이헌직.
2) 副試-上試 다음가는 試官 김명희 익산군수
3) 參試-參試官 신영균 진안군수
4) 詩經 豳風 七月篇에 나오는 말. 參照
　　七月流火 칠월(夏曆)에 火星(大火心星)이 서쪽으로 기울면
　　[九月授衣]- 九月에 추위 날 옷을 만들어 주느니라.
　　九月이 되어 찬바람이 일면 옷을 내려 추위를 나게 함.
5) 夏葛冬裘-여름에는 서늘한 옷과 겨울에는 따뜻한 옷. 격에 맞음.
6) 肅霜-된서리. 嚴霜
7) 一成- 한 벌 만듬. 한차례, 한번.
8) 服章-王 이하 諸侯의 公服에 장식한 무늬.
9) 領要-벼리가 될 만한 중요한 골자나 줄거리. 요점을 거느림. 일을 하는데
　　꼭 필요한 묘한 이치. 적당히 해 넘기는 잔꾀.
10) 一陽의 날. 1년 12월을 周易의 卦에 맞춘 것으로 冬至에 陽爻 一하나가
　　처음 생기기 때문에 동짓달을 가리킴.
　　二之日(二陽의 날)에는 栗烈(기온이 차갑고)하나니
　　無衣無褐-(옷 없고 갈옷 없으면)이면
　　何以卒歲-(어떻게 해를 마치리오)리오.

曰所授而盍諸　　주는 바가 어찌 모두에게 아니겠나?
擬舊制之一篋　　옛 제도의 한 상자에 추측하면
際秋涼而初度　　가을의 서늘할 즈음　맨 처음 닥치는 차례로다.
中於四而第九　　사계절에 맞고서 구월이니
豈曰無乎備衣　　어찌 갖춘 옷이 없다고 하랴.
星一躓而霄虛　　火星이 한번 기울면 하늘이 비고
蠶百繰而春靑　　누에쳐 백번 실 뽑으니 봄이 한창이구나.
占百候而亦吉　　여러 節候를 점쳐도 또한 길하니
宜莫如於豳章　　마땅히 豳風章 만한 것이 없구나.
流火後而披帳　　火星이 서쪽으로 기운 뒤 휘장을 헤치고
時維九而冷回　　때는 오직 구월로 추위 돌아오네.
殷仲季而分命　　殷나라는 仲季12)로서 분수와 운명으로 하고
夏五六而相濟　　夏나라는 五六으로 서로 구제 하였네.
循其序而撫辰　　그 철이 바뀌는 순서를 따라서 날을 살피고
今日授乎在玆　　오늘 여기에 있어 주는구나.
繡何純於紅紫　　수놓은 것이 어찌 붉고 자주 빛 보다 순전하며
麻已黃於場圃　　삼은 이미 場圃13)에 누렇구나.
適以體而時宜　　몸에 맞고 때에 마땅하니
盍曰授而斯歟　　어찌 만들어 주어서 이런 것 아닌가.
制七節14)而二縮　　일곱 마디를 마름하여 둘로 줄이고
數五采而四餘　　五采15)를 셈하니 四餘16) 같도다.

　　三之日(三陽의 날)에 于耜-(쟁기 수선하고)
　　四之日(四陽의 날)에 擧趾(발꿈치 들고 밭 갈러 가거든)어든
　　同我婦子하여-우리 처자식과 함께하여....
11) 바람 차갑고.
12) 중간과 끝.
13) 場圃-봄, 여름에 채소를 심었던 곳을 가을, 겨울에 곡식을 타작하는 마당
　　으로 사용함.
14) 七節-일곱 마디. 화살.

所以合於風人　그래서 風人17)에 합하니

不亦宜乎朞周　또한 朞周18)에 마땅하구나.

翫玄百而分度　백번 헤어지고 검어도 일정한 정도라

是月也而以授　이 달에 또한 받게 되었네.

入秋凉而績凝　가을의 서늘한데 들어와서 길쌈을 맺으니

況曰服之無斁19)　하물며 입고서 싫음이 없다 하네.

在白金而軸璇　은빛은20) 베틀에 있고

下玄裳而皐鶴　검은 치마는 언덕의 학 앉았네.

嗟我朱而孔陽　아아! 우리 붉은 색이 심히 밝고 고우니

菊有華而桐始　국화는 화려함 있고 오동은 처음 소리하네.

錫貢州而辨九　고을에 바치며 아홉으로 구분하며

在王家而曆數21)　王家에 있어선 절기의 돌아감이네.

立束帶而經緯22)　띠를 묶고 서서　다스려 바로잡고,

建寅申23)而縮盈　寅坐申向의 축을 세워서 줄이고 채우네.

固玆蹟之必修　진실로 이 자취를 반드시 닦으니

矧厥評之得正　하물며 그 평하는 것이 바름을 얻었구나.

仰先哲於玄訓　先哲의 깊은 가르침을 우러러보고

---

15) 五采-五色. 五彩. 靑. 黃. 赤. 白. 黑.　여러 가지 색깔.

16) 四餘-紫氣, 月孛, 羅睺, 計都의 四星. 실제 존재하는 별은 아니며, 어떤 특
정한 위치에서 규칙적으로 운행한다고 보는 가상적인 천체의 위치변동에
착안한 것임.

17) 風人-詩人.

18) 일년 주기.

19) 服之無斁(복지무역)-詩 周南 葛覃.
爲絺爲綌　고운 갈포 거친 갈포 짜서
服之無斁　입음에 싫음이 없구나.(입고서 좋아한다)

20) 五行의 金.

21) 曆數-天命을 받고 帝位에 오름. 절기의 돌아감. 자연이 정해진 운명.

22) 經緯-일의 시작과 끝. 사물의 골자. 縱橫으로 묶음. 다스려 바로잡음.

23) 寅申-寅坐는 申向.

作後人於靑史　　뒷사람을 靑史에 적네.

自今來則上項　　지금으로 부터면 으뜸 항목이요

耿吾得此中情　　내 얻음이 빛나 이 뜻에 맞구나.

三其復而永嘆　　세 번 그것을 반복하여 길이 탄복하고

一以觀夫奧旨　　한결같이 깊은 뜻을 보는구나.

言昭昭而論今　　말은 밝고 밝아 이제에 논하고

事章章24)而稽古　　일이 밝고 밝아 옛날을 상고하네.

陳旣往而可復　　이미 지나간 것을 베풀어 회복하고

越若徠而疇比　　오는 것을 넘어 지난번에 견주어보네.

言旣著於九邱　　말은 이미 九邱25)에 나타나니

事可攷於百代　　일은 百代에 고찰할 만하구나.

含胚初而奧理　　事物의 始初를 머금어 이치를 깊이 하였고

射眉前而圓旨　　눈썹 앞을 취하여 뜻을 원만히 하였네.

爀緯闓而俯視　　빛나게 씨줄을 열어 구부려 보고

复其黙而潛周　　그 묵묵함을 빛나게 하여 주루 잠겼네.

非徒美於一眥　　한갓 한 때에 아름다움이 아니라,

永有辭於千祀　　길이 천년에 말이 있으리라.

---

24) 章章-彰彰.

25) 九邱-八索九邱의 준말-古典.

盖麟云[1]賦 *
<대개 麒麟이라고 한 賦>

盖以取諸象云	대개 형상에서 취하여 보건대,
聖治侔於庖犧	성스러운 다스림은 伏羲氏와 견줄 만하였다.
膺一千之運者	일천년의 운수를 품고서,
長三百之輩乎	삼백의 무리 중에 으뜸이었다.
玄枵降於夕時	玄枵[2]가 저녁에 제터[3]에 강림하면,
有物有物麟云	동물 중에 기린이 나타난다.
撟非常之厥瑞	비상한 그 祥瑞로움을 두고서,
諸未定於其言	그 명칭을 밝게 정하지 못하였다.
祥之出也不恒	祥瑞로움의 출현은 항상 있는 것이 아니지만,
盖有麟則云麟	대개 기린이 있게 되면 기린이라 하였다.
遊軒囿而史傳	軒轅의 동산에 노닌 것은 史官이 전하였고,
出魯郊而人問	魯나라 郊外에 나타나자 사람들이 물었다.
今天子惟聖明	이제 天子께서 성스럽고 현명하니,
若有物於可致	祥瑞로움을 드러낼 만한 동물이 있을 듯하다.
郊雍夕其獲獸	雍 땅에서 郊祀를 지내고 저녁에 짐승을 잡았는데,

---

* 南唐의 父親, 朴昌淳 公의 辛卯年(28세)의 科試 答案이다.
1) 盖麟云: 『史記』「孝武帝本紀」에 나오는 말로 武帝가 雍 땅에서 郊祀를 지내고 一角獸를 잡았는데 고라니와 흡사하였다. 이에 有司가 말하기를 "陛下께서 郊祀를 엄숙히 지내심에 上帝가 보답하여 一角獸를 내려주었으니 <대개 麒麟이라 합니다.(盖麟云)>"라고 하였음.
2) 玄枵: 별 이름인데 麒麟을 지칭하기도 함.
3) 원문의 <時>는 고대 帝王이 天地와 五帝에게 제사를 드리는 장소임.

衆皆視而莫知　뭇 사람이 모두 보아도 알 수가 없었다.

將曰麀而角一　노루라고 말하자니 뿔이 하나 있고,

或言馬而蹏五　말이라고 하자니 발굽이 다섯 개였다.

以其類而觀之　그 생긴 유형으로 본다면,

獸則獸而非他　짐승은 짐승인데 다른 것은 아니었다.

參四靈而有一　네 가지 신령한 짐승4) 중에 하나이니,

似或然者麟耶　혹 그렇게 유사한 것은 기린인가!

在鄒傳焉類也　孟子 책에서는 짐승의 類에서 특출한 것이라 했고5),

著葩經曰嗟兮　詩經에서는 〈아! 기린이여6)〉라고 하였다.

此奚宜而至哉　이것은 무엇을 마땅히 여겨 이르렀을까,

物則非其凡類　짐승으로는 범상한 종류가 아니었다.

於斯時而幸出　이때에 요행히 출현했으니,

非厥麟而何乎　그 기린이 아니고 무엇이란 말인가!

其爲形也不類　그 형상은 同類가 아니니,

之於走而于嗟　달리는 짐승 중에 아! 기린이로다.

太史筆於博物　太史가 博物志에 기록하면서,

以盖字而究義　대개 盖字로써 의미를 풀이하였다.

人未畜於厥靈　사람들은 그 신령한 짐승을 키울 수 없으니,

世徒知其爲仁　단지 그것이 어진 짐승이라고 만 알고 있다.

謂之祥也亦宜　祥瑞롭다고 이른 것은 또한 마땅하니,

執麟經而詳言　『春秋』를 읽어보면 상세히 기록되어 있다.

紛旣有此內美　이미 이러한 내면의 아름다움을 지녔으니7),

---

4) 기린 봉황 거북 용을 지칭함.
5) 『孟子』「公孫丑」 상편에 〈麒麟之於走獸 -- 類也 -- 出於其類 拔乎其萃〉라는 말이 있음.
6) 『詩經』「周南」〈麟之趾〉편에 〈于嗟麟兮〉란 말이 있음.
7) 원문의 〈紛旣有此內美〉는 屈原의 『離騷經』에 나오는 말임.

以其麟而云云	그 기린이라고 운운한 것이다.
名在玆而物玆	이름이 이에 있고 짐승이 이에 있으니,
豈不然乎其然	그 그러함이 어찌 그렇지 않겠는가!
非徒形之異諸	단지 형상이 특이할 뿐만 아니니,
亦有德之稱者	또한 德을 지닌 것을 일컬은 것이다[8].
象有齒而虎文	코끼리는 象牙가 있고 호랑이는 文彩가 있는데,
至於角則初覩	하나의 뿔을 가진 짐승은 처음 보는 것이다.
汾得鴈而已知	汾水에서 기러기를 잡았다는 일은 이미 알고 있고[9],
苑有鹿而何悾	동산에 사슴이 있는 것도 어찌 이상하겠는가!
爲其靈也孔昭	그것은 신령함이 심히 명백하니,
斷以言則而已	기린이라고 단언한 것이다.
陳其往而可復	그 지나간 일을 진술하여 설명하니,
越若徠而疇比	아! 이를 무엇에 비하겠는가!
讀汗靑而引白	지난 역사를 읽고서 인용하여 아뢰니,
允塵邈而難麾	참으로 오랜 세월이 흘러도 없어지지 않았다[10].
不期然而然者	그러함을 기약하지 않아도 그렇게 된 것이고,
莫可致而致之	이루려고 아니해도 이루어진 일이다.
維羊一而牛一	이에 양 한 마리 소 한 마리를 잡아서,
以肅祗於上帝	엄숙하고 공경히 상제에게 바쳤다[11].

---

8) 『詩經』 「周南」 <麟趾>편의 註에 보면 기린은 노루의 몸에 소의 꼬리와 말의 발굽을 하고 있으며 살아있는 풀과 벌레를 밟지 않는다고 하였음.

9) 金나라 元好問이 기러기를 매장해준 <雁丘>의 故事가 있음. 元好問이 幷州로 과거를 보러 가다가 기러기 잡는 사람을 만났는데 그가 하는 말이 <오늘 아침 기러기 한 마리를 그물로 잡아 죽였다. 그런데 다른 한 마리가 그물을 빠져나가 달아나지 않고 슬피 울더니 머리를 땅에 부딪쳐 스스로 죽었다.> 하기에 元好問이 그 죽은 기러기를 돈을 주고 사서 汾水 가에 묻어주고 <雁丘詞>란 글을 지었다고 함.

10) 원문의 <允塵邈而難麾>는 後漢 張衡의 「思玄賦」에 나오는 구절임.

故報應之昭著　　그러므로 보답하여 응함이 밝게 드러났으니,
出凡彙而拔萃　　범상한 천자 중에 출중한 업적을 이루었다.
迨後辰而復圭　　이는 후세에 거듭 반복하여 음미할 일이기에,
賦一篇而三吁　　한 편의 賦를 지으면서 세 번 거듭 탄식한다.

---

11) 漢나라 武帝가 雍 땅에서 一角獸의 麒麟을 잡은 후 다섯 제터(五時)에 소
   한 마리씩을 받쳤다고 함.

謹覽餘
力齋行狀
後感吟

老益加工意未闌
如斯方可見松寒
安貧守道藝能易
窮理研經始亦難
終來不負山林志
無愧桐江一里灘

南有翁出傳舊鈔
上令御史到春欄

先生姓張諱憲周字幼章　餘力齋興城人居羅州佳洞先生
早年束脩于忠清道　判書剛齋先生謚文貞公門下公殁
後先生撰行狀其書門與杖傳因以自任焉　乙巳春
自上有別薦之　敕觀察使金公　下來先生固辭不就

射出齋
書示新
式少年

曾在弱冠誤欲高
當年人道崔中豪
朝來莊嚴辭舊語
夜入邯鄲泣舊醒
出郭為堂栽五柳、
烏難鳴我青春好
臨溪理綢掩紅桃
鳩舌無功盡日勞

<50쪽 謹覽 餘力齋行狀後 感吟>

林郊不復見祺仁
感憶衰周老聖人
時暮出王餘夏讓
世多分子到素餐

紅龍日旱潛豐沛
赤鯉天寒伏渭濱
激以咸聲詩以罷
白雲南望又思親

巖色蒼寒削文
慇膽揩斷夜懷君
生青玉宇涼如水
帶白銀河淡欲雲

竹影元同三迸在
梅陰儼不兩家分
月林幸有宿鸞鵰
報我相逢束日云

山風野雪轉成寒
不復遊人坐田衢
壇亭歲功來營鼓
墓追晴祭上衣社

堪歎籬菊領傳酒
為訪竣梅且理鞍
物懷星杉晴節蒼
晴空虜蟻掩眄看

〈62쪽 所思〉

307

圃隱鄭先生 行狀後

〈78~80쪽 圃隱鄭先生 行狀後 外 2首〉

圃隱鄭可輔克資可輔克資
先生行　維天命世師東恩
狀後　　諸鄉設校文風作
　　　　兩墓屍廬檀俗扶

我國衣冠胡智玄
人家祭祀佛供無
此東誰復先生後
考掘竹蘭空自呼

丁未端五月天中雨正多
湯骨書生憶古不禁歌
府感

求藥不來浮海士
花蘆渡蘭江娥
未拾義帝度寶食
將慰忠臣惆碧波

見過蠂遙遙
娟娟弄夕陽
全身傅粉過吾堂
今朝又有傷心事
昂也宽寛宜慶何

林苑去同錢影亂
添園還共夢魂長
千株花橘程多舍
萬菜花間宿能番

故宮無領甫或識
萊歲春風先或迎

秋雲

撲川靈氣遠還長　望盡天涯生薄霧
冷落輕陰弄夕陽　坐來岩上滴微涼
高峰擎出如華蓋　汾水禪歌何處蓉
絕壁拖過似繡裳　白飛猶似漢時光

秋月

一年秋月最揚明　團如鏡窺熠晚色
孤窗逗遍山下城　紋守天涯滄照影
吳州千里相思友　顧令他夜伏波迎
楚出三更未散兵　四頭巨勢靈城出
　　　　　　　　極月明光押海連
　　　　　　　　此中莫守屹然力

劉東華
嘉至山居
丁敬各南永
斗敬吟

早仰佳山蓋有年
步雲辭上渾無前
昨夜飛泉多得雨　賴挂一方傾倒天
今朝萬壑盡消煙

〈96~98쪽 秋雲 外 2首〉

五言

寄龍山鄭友寅弼

渡頭

吟

翠輕紅亂八矗　高松一樹過墻立
使人徒惝月精時　戒誦逢々范老詩
𧿒闊一龍瀨　東萊臨晩守
暮朝芳渡頻　端木在初关季
㳙蘭三旬廢　文能遺百世
嘉禾幾邨新　穀但計三辰
世𧿒抵危瀨　如非須欲仕
人爭走涉頻　必是不堪貧
古堠暮雲合　倀々無適所
何江春水新　倚棹之茲辰

嘉五伏
日與丁況值庚炎伏
先秀心事

余蟄少山谷
暑靄亂蟲々
薰雲重郁々
汗流長濕肌
食滯久捫腹

<123~124쪽 寄龍山鄭友寅弼 外 1首>

瓊樓愧我畲唫坮　　萬金山下大村開　　九老吟詩知主姓　　大項尋村洞別成　　曲々湖眉步々危　　朝飲東西洋美酒
錦浪慚君老釣坮　　此地那知爲客來　　三人結題有誰名　　萬金山吃立分明　　如無南石跣難爲　　夜尋盌木浦名花

共惜江關春欲暮　　兩峽桃花因倚枝　　天涯俱是如渝蕩　　櫂歌閑送兩聲至　　澳村更覓桃花界　　誰能好德如貪色
消長幾許此中催　　數聲澳笛且鷼盃　　渙日相看眼共青　　波势遠連千頃平　　三月東風別有枝　　杏樹壇邊訪古家

〈140~142쪽　自雄島往大猪項村　外 2首〉

謹次
金南齋敬愚
原韻
都正

隱
居店求志少人諳
創小齋扁以南
心存栗里曉成遲
業縷濯纓清築潭

侍墓終衰文有讚
寧邦盡職史傳談
愚谷潛憂追
早許其憂也獨
巷中聞有松翁語
退

先生考且義
林下把經濟
東湖遺業繼
店喪深盡制
定省老尤勤

弇矣式相招
詩學嘗勉勵
飢寒置義立
窮之施仁惠
官室咨民計
校官持聖論
孤
邦見阮侵

筮仕固為辭
尋師躬早詣
松翁托宿契
私庵傳斯文
義誄警我
殯

恃期魏尚時
又哭陳恒世
歸來徒泣涕
請討己無人
一念漸蹉跎
十年堰怳惕
惝恍惕跎

<149~150쪽 謹次 金南齋敬愚原韻 都正 外 1首>

高宗昇日迴 狐狸見右祖
陪輦晏朝迊 誰復覺來裔
　　　　　瞻望故樹陽
千者今奈阿
痛哭恨無淒

棗先生今日再面初度時
發穀壽少迩里覽老先歸
迢口歸湖上遠迎多壽杖
貢至言
案前壽德盡斑長
棗崇
不能低仰世人情
謬次山
歸祀遺經訓後生
金息滿
坤民

薰陶漸久雨如化
淵默乾多雷有聲

三麓合院歡嘉節
一罇升堂非晚暉
我來為獻枸溪斂
顯享遐跨補式微
閑禮會揄蘆巔遠
肯書再淡棗湖清
忍字標題知有受
小山為在副嘉名

＜153쪽 棗山九溪族叔 壽筵口號 二月二十二日＞

313

謹次

漁浪頭支石小菴成
別有人間久泛名
武夷春暮聽歌聲
齋澤烟深垂晚釣

里金
良卷

山前去鷺織拖影
水底游魚款得情
南去餘事又吾東
由此象南曾曾東

門外休敎宗慤至
長風不是使人榮
南開竹逕再談風
此秀松亭初把酒

法
芒
甲岳霜深業
嶽霜深葉
回紅綠
湖日暖沒
會以曾賢
翔風詠

顧將遊禊樂窮無
有此春秋烟景細
深樹弄綵夕霞流
遠山拖盡寒雨細

雲到南來布褐再登樓
冷泉不改叢筠立水頭
詩書舊學差千里
秋節侯前行覽十秋

爲謝吾君家喧詠
青蓮云後月初浮

〈155~157쪽 謹次漁浪里 金民菴 外 2首〉

講魯齋
九日同
尹子善
聊以相和

賤代士業懶作農
尺枝南來坐夜鐘

却把知音倚聽松柱
聊持漁操頻聽松柱

落葉寒聲題護興
黄花舊釀醉出店
青烟忽憶管夷君
被髮書生獨自呼

詠史
山河惟異堪垂淚
風景不殊堪八圖淚

今君適至夕湯初
友不來罷釣魚
期

短褐出深方睡鶴
長江寂寞久潛龍

匹耐山中多少鬢
故人通至破從容

群雅不以如相識
老鶴無驚步學書

天涯九日多怊悵
落帽何山客掃裓

城溜居當簫北地
運移誰敢恨西湖

開戶深看東漢史
嵆淸子守不相孤史

〈168~169쪽 講魯齋 九日 同尹子善 聊以相和 外 1首〉

315

崔松隱
杭以門欄祝以年
丙暉遲暮覩秋秋頌聲連
南辛藍當思膽堂㡭此外
石里亦難好合瑟琴前

呪孫宴賀洛陽完
耆老人言衛武道
有鶴南飛過曼然
嚴立夏夷別
力扶鄒魯風
今日餘生淚不窮
操存心法守
紹述事功成

哭後石皇天憂世路
先生命使濟吾東
羅州道林鰲山聞大道
四十三馬島瓷孤忠
惺石嬌傳又篤師生後
哭奇文蘆沙先師
長城高山燕翼貽謨大
老書先考笑村教育明

雖無供灑掃
篤道哭衷情

<190~192쪽 崔松隱 禹鉉正 二氏 晬筵 外 2首>

哭尹杏窩林泉替岊起
戚叔主廬士淨牟陽
年平過庭聞有學
伯彥先考懷簡習無忘

庚戈寒風至
卷懷杏下窩
經案寫年之
琴林得月多
嗚呼八耋年
一節固無愧
忽省雲日暮
永潣音容侍

天賦明敏果
軆容恭儉良
述事惟爲大
顧猷始克昌
慕賢雲谷邃
祝聖首湯嵩
空壇夫子意
倚樹獨恒哦
潁業水爲清
箕束山以歸
誰復立顏綱
哭私且哭義

〈195쪽 哭尹杏窩戚叔 主牟平 伯彥先考〉

過新都內
<small>庚辰九月日同牙尖父在哲槐山族叔憲淳 兩內吳李斯文墓福相和 今忠南論山郡豆腐 由夫南里</small>

帝峰高出白雲間 <small>闹南斬都八</small>
天地深藏有此山
主人不到鷄龍隱
萬壑寒㕀歲月間

拜文義先墓
<small>墓在忠南四文義郡今淸州郡 庚辰九月日同 四從叔奎淳氏與吳東默兄階往山同時</small>

因事省楸文義東
一盃辣略醉西風
老峰聳翠新灘碧
全面移來入譜中

拜陽城先墓
<small>墓在京畿道今安城郡 庚辰九月日</small>

小車斜日下陽城
步上梨陰始拜塋
因感當年誠孝至
今來自愧不多行

〈234~236쪽 過新都內 外 2首〉

漢陽昔日四門開
自上乃下進賢勅
南州皐鶴動京闕
駰騎暗門辭不得
存心愛物古來德
到底沿行務恩語
銅章玉節佩腰鞷
錦伯當年榮耀極
如何雲路變滄海
歸卧莘溪歌日是
千々夢外歲在巳
忍見紅旋歸遠域

孝廉文學先著鄉
訏謨經略可當國
施諸寢廟帝日嘉
補外州縣民無盡
還鄉寶傘萬人頌
遮道隆碑幾處勒
趙還尚書次第淩
轉八台扆當在邑
初心不負獻畝尹
大臺還同黈岳奭
前銜從此但傳語
鴛儀將來誰有識

<245~246쪽 挽恩津郡守 金公莘溪 商基 靈輀>

溫泉精舍十勝次韻　平人

六峰李先生諱鍾宅感

人道旣渾形生當今萬事成所感惟何在罪謗與七情

理氣理本元無朕氣因渾有爲形之盈六合天賦之均施

太極一本未分前渾渝只自全動靜生泉萬物已無邊

過鳳潭訪工曹淵矣　秀民

馬君八洞尋
鳳老竹成林

風翻列管遠迎人
和氣融成洞裡春
宥書衣帶謹
不負民翁心

邃翁進德知增化
低子題名感錫均
共將樽酒多歡舞
日照偕琴爭獻壽

村炳三山中誰識老天真
允京兄

晔林鳳六十年來謹律身

〈269쪽　晔林鳳村炳三允京兄〉

五七

雙溪
舍下清溪雙水合
從容濯足遠時塵
爲知此外世皆濁
却歎無人來接鄰

濯足

草峰
草麻人去向西立
削出孤峰獨帶春
眼下移來如作筆
青天一幅寫心眞

磐石
石宗平廣宜人坐
醉月有月來時飲一盃
對影成三須可醉
坐岑不用好樓坮

醉月

飛龍
門對飛龍飛已去
向雲有約不離山
秋江寂寞從無處
盡日孤峰獨自閒

看雲

過南小山招隱卜卻林
水石清佳石換金
適有先輩送刊
寫聞經紀也來尋

南疇

前祕書院祕書監承龜澗金先生鐘琯 靈遊下

〈273~275쪽 溫泉精舍十勝次韻 中 6首〉

321

[附錄 6]

[大漢門進哭(대한문진곡)] *
－대한문에서 곡하노라

平明1)赴哭2)漢門前(평명부곡한문전)
德壽宮高樓上天(덕수궁고루상천)
不起號呼復盡日(불기호호부진일)
問余何事獨悽然(문여하사독처연)

해뜰 무렵 대한문 앞을 들어서며 곡하니
덕수궁 높이 솟은 다락 위 하늘이여.
종일토록 일어나지 않고 부르짖는데
무슨 일로 홀로 슬퍼하냐고 묻네

* 기미년 1919년 3월 1일 독립선언문이 낭독되는
탑골공원에 참석하고자 아침 일찍이 한양에 왔다가
대한문 앞에서 나라 잃은 서러움을 시로 표현한 것이다.
전남 장성 필암서원에서 한양까지는 천리 길임에도
호남유생 대표 5명이 참석했었다는
기록이 필암서원에 남아있는데, 그때 공은 발에 상처가
깊었으나 절뚝거리면서도 참석했다.

---

1) 平明(평명): ①아침 해가 뜨는 시각(時刻). 해가 돋아 밝아올 무렵
②평이(平易)하고 명석(明晳)함
2) 赴哭(부곡): 근친(近親)이 상을 당(當)하여 상가로 갈 때 동구나 상가 대문
(大門)을 들어서면서 곡하는 일.

[南塘 墓碑文]

靈光 郡西 北鍾山下 內洞 뒤 左麓에 한 兆域이 있어 도도록한
亥生 巳向은 곧 南塘 朴公의 衣履 묻힌 곳이다. 次子 琯熙氏가
公의 行狀을 안고 와서 나에게 銘을 請하니 淺薄한 내가 어찌
敢當하리요. 여러 번 사양하다가 마지 못해 삼가 살피니 公의 諱
는 東贊이요 字는 景佑요 南塘은 六峯 李先生 鍾宅이 준 號이다.
朴氏는 咸陽에서 系出하니 禮部上書 諱善을 始祖로 하여 凝川君
諱 臣蕤, 咸陽君 諱 仁桂, 兵曹判書 諱 習 같은 분이 계시어 中
世에 함께 빛났고, 諱 世榮은 號가 九堂이니 進士로 薦을 받아
監役에 제수되고 敦寧都政을 지냈는데 아드님 大효의 貴로 左贊
成에 추증되었다. 諱 由精은 副司果로 壬亂에 殉節하여 兵曹參議
에 추증되고 旌閭를 命했으며, 諱 孝亨은 將仕郎으로서 孝로 童
蒙教官에 추증되고 旌閭를 命하니 이분이 公의 九代祖이다. 曾祖
載瑩은 壽職으로 品秩이 있고 祖 泰錫은 號가 南湖요 考 昌淳은
號가 春石이니 다 文行으로 일찍 알려졌다. 妣 全義李氏는 根龍
의 따님으로 良簡公 壽男의 后이고, 繼妣 靈光丁氏는 杞秀의 따
님으로 碧梧堂 璿의 后이다.

公이 高宗 乙酉 八月 二十七日에 郡西 南竹里第에서 출생하니
體幹이 壯大하고 才性이 過人하여 나이 겨우 七歲에 千字文을
받아 날로 十餘句를 외우니 塾師가 驚歎하였고, 이로부터 文理가
通暢하여 閱覽하지 않은 책이 없었다. 十三歲에 鄉試에 나아가
장원을 하니 사람들이 모두들 朴氏에 아들이 있다고 말했다. 일

찍이 六峯先生 門下에 從遊하여 五書 五經 丹雲 丙承, 宋克齋 炳璕 諸公 사이에 周遊하여 見聞한 바 넓어 끝이 없었다. 公이 師道로 自任하지는 않았으나 一方 學者가 모여들어 學業을 請하여 往往 바르게 본받아 文과 行이 다 아름다운 선비가 나왔다.

公이 九歲에 어머님을 여의고 執喪을 成人처럼 했으며 繼母 섬기기를 所生母처럼 하니 사람들이 다 어려운 일이라 했다. 戊午에 外艱을 당하여 喪葬을 한결같이 家禮에 따라 하여 隣里에서 化함이 있었다. 아우와 더불어 友愛가 敦篤하여 道義로 서로 講磨하여 잠시도 서로 떠나지 않았다. 累代 先墓에 儀物이 갖추어 있지 않음에 衣食을 존절히 하여 碑를 세우고 祭田을 두었는데 碣文은 다 城中 長德의 撰한 바였다. 또 九代 以上 先墓가 畿湖等地에 散在함에 時節로 省墓하고 돌아와 敢히 闕한 적이 없었다. 己未 因山(高宗의 葬禮) 때 발을 싸매고 赴京하여 慟哭을 다했고 丙寅 大喪(純宗의 喪)에도 또한 같이 했다. 晚年에 이르러서는 杜門하고 自請하여 世上을 멀리하려 하면서도 다만 鄕儒와 더불어 衛聖契를 創設하여 資金으로 校宮을 補修하고 校誌를 刊出했으며, 때로 同志와 더불어 名山 韻水(운치있는 물)에 놀기를 좋아하여 취토록 술을 마시고 哀切하게 詩를 읊어 유을 慣慟한 氣分을 풀었으니 사람들은 그 마음속 깊이 쌓인 것을 엿보지 못하였다. 平生에 著述한 것이 그 높이 무릎도 넘었으나 그 精要한 것만 가려 몇 권 만들어 상자 속에 간직했다. 乙未 九月二十二日에 卒했다.

配 晋州姜氏는 在濠의 따님이요 文良公 希孟의 后로 甲申에 출생했다. 幽閑 貞淑하여 女士風이 있었고 癸亥 七月十七日에 卒하니 墓는 公과 合兆이다. 二男 二女를 두니 長男은 琮熙이고 次男은 請文한 琯熙이며 딸은 光山金永大에게 출가했다. 孫子 用基

用培 用晩 用集과 孫婿 金官鎭 李鉉準 丁聲夏 韓泰洙 金永治는
長房 소생이고 用華 用渧 用釗 用淡과 崔正朱의 妻는 次房 소생
이다.

　嗚呼라 선비가 季世에 태어나 文이 當時에 쓰이지 아니하고
道가 세상에 맞지 아니하면 山林에 處할 뿐이요 落寞할 뿐인데,
公은 위로 先世의 훌륭함을 들치고 아래로 아름다운 모범을 드
리워 可히 承先 裕後한 君子라 이를만하거든 하물며 遺著가 足
히 後學의 법칙이 될 만한 것이 적지 아니하니 어찌 거룩하지
아니한가. 이에 즐겨 銘을 한다.

　公이 儒家에 태어나 詩書로 業을 하여, 꽃다움을 머금어 咀嚼
하여 두루 貫通하고 널리 涉獵했도다. 學問에 뜻을 둘 나이도 못
되어서 鄕試에 장원을 하여, 鵬程 萬里 길이 이로부터 열리는가
했더니, 季世를 만나 오늘에 行道할 길이 없음에, 처음 입었던
옷 도로 찾아 애오라지 優遊할 밖에 없었도다. 주림을 참아 節食
하여 石物 세우고 祭田 두었으며, 長德에게 글을 받아 先世의 훌
륭함을 들치고, 衛聖契를 創設하여 同志를 糾合하니, 홀로 先唱
함에 일제히 和하여 校宮을 수리하고 校誌를 발간했도다. 山水에
놀기를 좋아하여 담담한 마음을 쏟았으나, 하늘과 땅 길고 멀어
이 원한 풀기 어렵도나. 물이 돌아 흐르고 산이 감아도는 곳에
四尺 封墳 있어, 나의 말이 거짓 없음에 지나는 이가 반드시 머
리 숙이리라.

丁卯大署之節

羅州羅鈿柱 謹撰

光山金宗鉉 謹書

[南塘詩話 번역에 대한 辨明]

예나 지금이나 우리 모두는 五常(仁 ,義, 禮, 智, 信)의 미덕을 타고나지만, 살아가면서 그 德目을 실천해 온 사람들은 그렇게 많지 않다.

특히 요즘처럼 物質과 便宜主義가 만연하는 사회에서는 그것의 실천은 더욱 어려울 것이다.

그런데 몇 년 전, 본인은 한 지방(慶南 晉州)의 모처에서 박용배라는 분을 우연히 만나게 되어 대화를 나누면서 요즘 사람들의 道德觀, 倫理觀에 대한 많은 이야기를 나누는 도중 박 선생께서는 저의 專攻이 뭐냐고 문의하기에 부족하지만 중국 고전 및 한문학이라고 응답하니, 곧장 박 선생께서는 자기의 문중 선대 할아버님 중에 훌륭한 어른들이 많이 계시다면서 그 중 후손으로써 특히 받들고 尊崇하는 한 할아버님의 문집이 있다면서 그 문집에 대한 번역을 부탁했습니다.

처음에는 본인은 나이도 있고, 또 그것보다는 본인의 능력이 부족한바 도무지 부탁을 들어줄 수 없다고 辭讓했으나, 뜻밖에 박 선생의 본관이 咸陽이며 또한 함양 박 씨라는 말씀에, 본인도 그곳에서 태어나고 지금까지 살아온 고향이라고 말씀드리니 박 선생께서는 더욱 강렬히 번역요청을 하게 되었습니다. 그래도 처음에는 사양하고 거절했지만 본인도 고향에 대한 自負心과 愛情으로 박 선생님의 할아버지이신 남당 선생의 시화의 번역을 해 보기로 약속했습니다.

막상 시화집 원본을 받고 보니 예상보다 내용도 많고, 筆體도

특이하여 본인이 번역을 과연 제대로 할지 난감했습니다. 그러나 약속을 했기 때문에 용기를 갖고 열심히 번역을 진행했으나, 처음 약속된 기간 안에 다 마치지 못했습니다. 그 후 약속기간을 꽤 많이 넘겨서 번역을 완료하였습니다.

중간 중간 어려운 글귀를 만날 때마다 後悔를 자주 했던 기억이 나기도 합니다. 지금 남당선생의 문집을 처음 부탁하신 박용배 선생 같은 분은 요즈음의 혼란한 사회에 정말 보기 드문 분임을 알게 되었으며, 특히 그의 할아버님에 대한 진실한 孝心은 정말 감동적이었습니다. 또한 박 선생님의 할아버님이신 남당 박동찬 님의 시화내용은 그 시대의 상황을 자세히 표현하셨고, 시화의 곳곳에 그분의 진정한 선비정신이 담겨있음을 보고 본인역시 순간순간 많은 감동을 받기도 했습니다.

다시 한 번 번역을 부탁하신 함양 박 씨 문중의 진정한 선비이신 박동찬 할아버지의 후손인 박용배 님과 그의 형제분들의 조상에 대한 효심에 감사드립니다. 끝으로 제 나름대로 열심히 번역을 했지만 분명히 잘못된 부분이 적지 않음을 통렬히 自認하며, 혹시 남당 할아버님의 시문에 들어있는 진정한 선비정신의 의미와 상반되거나 왜곡됨이 있을까 크게 우려하면서, 삼가 남당 박동찬 님의 남당시화에 대한 번역의 동기와 느낌을 감히 적어봅니다. 혹여 잘못 풀이된 부분이 발견된다면 부디 큰 叱責과 용서를 구합니다.

감사합니다.

2015. 11. 7

墨派 姜信雄 識

【원시제목 찾아보기】

* 이 책은
남당 박동찬 공의 손자이신 박용배 님의
전폭적인 지원으로 발행되었습니다.
박용배 님은 이 책을 기획했고 번역자 선정에서부터
발행까지 모든 출판 과정에 함께 하셨음을
밝히는 바입니다.

先祖가 남긴 漢詩集 ①
南塘 朴東贊 詩話集

2016년 4월 15일 초판 1쇄 발행

저　　자 ……… 박동찬
번　　역 ……… 강신웅
기획·제작 … 박용배
발행처 ……… 평민사
발행인 ……… 이정옥
주소 : 서울 은평구 수색로 340 [202호]
전화 : 02) 375-8571
팩스 : 02) 375-8573
평민사의 모든 자료를 한눈에
http://blog.naver.com/pyung1976
이메일 : pyung1976@naver.com

등록번호 제251-2015-000102호
정　　가　16,000원